ديوان

طقوس

الحب

د. جُمان الريحاني

إهداء..

إهداء للحب ولمن يتقن فن الحب والعشق

إهداء إلى طقوس الحب ولكل من يتقنها ويفهمها

إهداء إلى الحب والى كل يمتلك قلبا قدر له أن يحب

جمان الريحاني

البدلة السوداء

أراقص بدلتك السوداء في أحلامي

ورائحة عطرك تلوح في الفضاء

أراقصك ..

أراقصك ، ولا أكاد أميز ملامحك

أتكئ على كتفك ، ويدي تحتضن يدك

أسمع دقات قلبك تهمس بألحان الحب

أراقصك ..

أراقصك ، وأتعمد وضع رجلي فوق حذائك الأسود

لتغازل سمعي بنغمات صوتك الغامض

أنتظر كلماتك بلهفة العاشق

أراقصك ..

أراقصك ، وأتمنى أن تدوم الأمسية إلى الأبد

لأبقى بجانبك ، وبين أحضانك

أخاف أن أبتعد عنك ، ولو للحظات

أغار من نسمات الهواء إذا ملأت مكاني

أغار من قميصك الذي يلامس خلايا جسمك

أراقصك ..

أراقصك ، وأغار من ربطة العنق ..

إذا حاولت مغازلتك أو حاولت مراقصتك

فهي تعاندني ، كلما أنت لففتني وراقصتني

أراها تغيظني ، أيعقل هذا ؟

أم فقط لأنها أنثى

أريد أن أمزق الحواجز وكل العقبات

أريد أن آخذ الحقوق وأحقق الواجبات

أريد أن أحقق الحرية بأن أصبح ملكك

فهذه الرقصة هي أنت وأنا والحب

أراقصك بأمر من قلبي ..

تراقصني .. وأنت آمر ، وأمير قلبي

أراقصك ..

وأنت مليكي ، ومالك كياني

تراقصني وأنت تملك قلبي وحياتي

أراقصك ..

وأريد أن أنظر في عينك

تراقصني وحبك يملأ العيون

أراقصك ..

لأعرف معنى الحب

تراقصني .. وأنت .. هو كل معاني الحب

<u>حلم يقظة</u>

باغتني حلم يقظة .. والشمس تكاد تكون مشرقة

وأنا متجهة من مطبخي ..

إلى شرفتي الشرقية ،

بين تفتح الوريدات ، ولمعان قطرات الندى ،

حين انتبهت لرائحة القهوة ..

ولم أدرك أنني قد سرقتني غفوة ،

شدَدْت انتباهي ، ووجّهتَ أنظاري إليك ..

بصوت وقع أقدامك على الأرض ،

هناك .. هناك بين الأشجار .. كنت أنت ،

ترتدي بذلتك الرياضية ، كلون الثلوج فوق الجبال الرمادية ،

أسافر فيك بين ثلوجٍ وجليدِ ،

أحاول صنع درع من حديد .. ولكنك طبعا في الحب
صنديد ..

توغلت بين أشجار الغابات .. غبت عني ؟

غيَّبت عقلي بضربات قلبك القوبة ،

وتحكمت في قلبي بأنفاسك المتضاربة ،

أُعجبت بحركاتك الرياضية ،

وسُلبت بقوتك البدنية ،

تَعِبْت قليلا ..

وقفت أمام شرفتي .. وضعت يديك على ركبتيك ،

تمسح العرق من على جبينك ، ومعه تضعني رهن
يمينك ،

تسترجع أنفاسك لتخطف أنفاسي ،

سحرتني ..

فتخليت عن فكرة الفارس بالبدلة البيضاء وفرسه
الخيلاء

اكتفيت بك عن كل الفرسان ..

ببدلتك الرياضية ، وحذائك الرياضي ،

تريد أن تشرب الماء ..

وأنا أريد أن أشرب كل قطرة من بحر حبك العذب ،

تحمل في يدك زجاجة الماء ،

تخطفها من الأرض ، وكأنك تخطف قلب فتاة ..

لم تعرف الحب قبلك أبدا ،

تغار على زجاجتك للماء

فلا تدعها ترتطم بالأرض ..

تخطفها في الهواء .. لتحافظ على براءتها لك ،

لك أنت ..

ليتني الزجاجة ،

أو ليتني الماء ..

ليتني دموعك الزجاجية ،

فأسكن ملئ الجفون ،

لا أغادرها مهما يكون ،

ليتني أوصالك ،

أحبالك ..

ليتني كرياتك الدموية ،

لأسرح وأمرح في دورتك الدموية ..

ليتني دماءك ، وماء مقلتيك ..

ليتني أزهار شبابك ..

ليتني سنوات شيخوختك ، والشيبات في شعرك ..

ليتني اليدان اللتان استقبلتاك يوم ولادتك ..

ليتني الحضن الذي يودعك يوم تموت ، وفي نفس
اللحظة أموت ..

لتبعث على وجهي ،

وعلى وجهك أبعث ..

<u>**سيدي ..**</u>

أنا عروس من عرائس النيل ،

تمردت على عاداتها الفرعونية ،

لأزف إليك بدلا من النيل ،

سيدي ..

أنا أعجوبة من أسرار المحيط ،

أنا حورية ، فسخت خطوبتها مع البحر ،

لأنني وقعت في غرامك .. أيها البشري ،

سيدي ..

أنا نصف آلهة ، من آلهة الإغريق ،

أريد أن أترفّع لأصل إلى درجة ألوهيتك ،

فانتشلني من أرض أنصاف الآلهة إلى سمائك المقدسة
،

سيدي ..

أنا أميرة رومانية ، تحيك وتطرز السجاد ،

أثناء رحلاتك البحرية ،

رغم غيابك ، رغم مرور سنواتها الشبابية ،

إلا أنها تأبى غيرك سيدا على قصور قلبها اللجية ،

سيدي ..

أنا حسناء شرقية ،

شامية ،

أردنية ،

عراقية ،

أو في شقاوة وجمال فتاة لبنانية ،

أنا من بلاد الشام ،

دع عنك الصينية ، والهندية ،

فلا يوجد كالشامية ..

سيدي ..

أنا فتاة مغربية ..

في صبيحة يوم عيد الأضحى ،

مخضبة اليدين بحناء جنية ،

تحضر لك الأضحية ،

قلبها في أوان فضية ..

سيدي ..

<u>ضحكتك</u>

تأخذني ضحكتك ..

من عالم الجنون ،

إلى عالم البراءة والاستقرار ،

ضحكتك تحرسني ..

من ظلام الليل ،

ولون الحزن ،

ضحكتك ترسو بي ..

على بر أمانك ،

ثم ترميني في المنفى ،

ضحكتك تمرجحني ..

بين سماوات الصبا والجنون ،

تصعد بي ،

في درجات سلم المجون ،

وتنزلني في مصعد الفتون ،

ضحكتك تمرضني وتداويني ،

تهلك ضلوعي وتشفيني ،

تعطيني صدمات كهربائية ،

لتعيدني إلى الحياة ،

من أزمة قلبية ،

ضحكتك .. ضحكة طفل صغير ..

تعلم في سنوات عمره الأربع ،

أن يجعلني لحبّه أركع ،

تعلم ..

أن ينطق اسمي ،

أن يمشي بخطواته الأولى باتجاهي ،

أن يدخل قلبي .. وفيه يتربّع ،

تعلم ..

أن يجعلني ..

كلما أراه .. إليه أهرع ،

ضحكتك .. ضحكة طفل صغير ..

يحبني منذ سنوات عمره الأولى الأربع .

الحمام..

أغرق في حبّك مع كل قطرة من قطرات الماء ،

أراك تغازل فقاعات الصابون ،

ورغوة الشامبو ،

ألا تشعر بالحشمة والحياء ،

ألا تحتفظ بتلك الضحكات المغامرات لي ،

وأنا بنت حواء

تملأ كفيك بالماء .. ثم تعاود الكرة مرة أخرى ،

وكأنك لا تخاف على مشاعري من وقت الحمام ،

يلعب في الحمام .. وكأنك طفل صغير ،

تلاعب الماء والصابون والشامبو ،

تشاغب الطاسة والحنفية والبانيوم ،

تغازل البرنس والمشط والمرآة ،

تعذبني بالحمام ..

18

ترى انعكاسك في المرآة ..

فتغازل وجهك بالفرشاة ، وبمكنة الحلاقة ،

تتعمد أن تجرح نفسك ، لأسرع إليك ،

تعذّب روحي ، وأنا أخاف عليك ،

أهرع إليك بدون تفكير ..

وأنت حضرتك تتفنن في التفكير ،

إنك حقا تتلاعب بي وقت الحمَّام ..

فأنت صلب قوي .. أما قلبي فهو كصغير الحَمَام ..

ضعيف ..مسالم .. يحتاجك لحمايته والاعتناء به ..

فأوقف ألاعيبك ..

وترفق بهذا القلب المتعلق بك ..

فقربك غذاء الروح ..

ومشاغباتك بهارات هندية ومكسيكية ..

فحمامك يفلفل مشاعري ..

وحركاتك تخذّر أحاسيسي ..

فطعم الحب منك طبق خاص ..

<u>سيدًا..</u>

أريد سيدًا لكلماتي ،

أريد مديرًا لكلماتي ،

أريد رجلا يملأ لحظاتي ،

يسرقها ..

يملؤها ..

يحصيها ..

يعيدها .. وهو سيدها ،

أريد رجلا أتوج به عروسا ،

أريد رجلا يهديني ساعته وكل عمره الآتي ،

أريد ساحرا يتلاعب بالزمن ،

فيحسسني بأني أعرفه منذ الأزل ،

لم أولد قبل لُقياه ..

ولم أعش من دون رؤيته ..

ولدت يوم التقت عينانا ،

وعرفت الحياة يوم توحد قلبانا ،

أنفاسه نبض قلبي ،

ونبضات قلبه إكسير الحياة .

أريد رجلا يعيش لأجلي .. كما أعيش لأجله ،

يحب الحياة لأنها تنبع منّي ،

وأحبّه لأنه لي منبع الحياة ،

ما أصبرني على فراقك .. وبعدي عنك ،

أريد رجلا اجتمعت فيه كل خصال الرجال ،

أخا .. أبا .. حبيبا وزوجا ،

عاشقا منذ الأزل ..

هيمان إلى الأبد ،

رجلا اختُصرت فيه القرون والسنون ،

رجلا تحمّل وعانى حياة الكهوف ،

عاصر وساير عصر العولمة بلا خوف ،

رجل تحدى الطبيعة ،

رجل يضع مشاعره في الطليعة ،

رجل يعرف أنّه افترق عن حواءه .. بتقدير القدر ،

يبحث عنها ..

ويحمل في قلبه يقين .. بأنه سيجدها بين البشر ،

حواءه ..

يعرفها من نظرة عين ،

فهو كالصقر .. حاد البصر ،

كالأسد ..

من زئيره الناس تخضع ..

ومن صدى الزئير نغمات نبض الحب تلمع ..

إنه رجل يجمع كل الصفات ..

ذكي .. حنون .. رزين .. صادق .. كريم .. ومحب
بجنون ،

بحثت عنه في الواقع والخيال ،

وبحث عني في كثير من البلدان ،

ما أعظم شوقي إليه ..

ما أعظم شوقي إليك ،

أناديك .. أناديك ،

وفي جوف الليل أناجيك ،

أريد رجلا يعلم أنه آدم ..

وأن حواءه قد خلقت من ضلعه ..

خلقت له لتملأ حياته ..

بحثت عنه لأن رحلة البحث كانت إجبارية ..

فما افترقنا إلا لنلتقي ..

وما التقينا إلا لأنه ،

القدر فرّقنا ..

والقدر جمعنا ..

<u>يا قلبي</u>

لا تحزن يا قلبي الصغير ،

فالحب لا يضعفك وإنما يقويك ،

لا تحزن وان لم تلتق بعدُ بالرفيق ،

لا تحزن يا قلبي البريء ،

فحبيبنا غير بعيد ،

فحبيبك يا قلبي في بقعة من بقاع الأرض ،

فحبيبك يا قلبي في قُطْرٍ من أقطار الكرة الأرضية ،

لا تتكبّد يا قلبي عناء الشقاء والتفكير ،

تحمل يا قلبي الفراق ،

واحترس من لقاء الغرباء ..

تحمل يا قلبي ..

عسى أن يكون اللقاء قريب ..

تعلم يا قلبي أن تغدق على حبيبك بالحب والوفاء ،

أغدق عليه بالثقة العمياء ،

أغدق بالحب ، الحنان والصفاء ،

وسترى يا قلبي بأنك ستعرف حبيبك من بين كل الناس
،

لأنك تكن له الحب وصافي الإحساس ،

فأنت القلب ومنبع الحب

أنت مصدر نبضات العشق والغرام

ولكنك أيضا كهف بالبعد يخيّم عليه الظلام

ولكن لا تخف ..

فان النور آت ..

ليضيء دهاليزك ، وينير طريقك

ليرسم لك طريق السعادة

لا تخف فلن توضع في مفترق الطرق

فللحب طريق واحد ..

طريق يوصلك إلى المحبوب

طالت الطريق أو اُخْتُصِرت

قد تكون هناك مطبات

أو بعض الطرق غير المعبدة

قد تكون هناك انحرافات

جسور وأنفاق ..

ولكن لا تقلق يا قلبي ..

فكل الطرق تؤدي إلى نصف قلبك الصافي

فكن قلبا كما عهدتك شجاعا مقدام

لتنتصر في حربك ولا يكون مصيرك الإعدام

فأنت قلب يسعى لتحقيق العدالة

أنت قلب يريد نصر قضية

أنت قلبه ..

وقلبي أنا ..

<u>رسالة..</u>

أريد أن أكتب لك رسالة ،

أريد أن أرسل إليك رسالة حب ،

ولا أعرف عنوانك ..

أين يمكنني أن أبعث بالرسالة ؟

وأنا لا أعرف أين أنت ،

أين أنت ؟

يخرج القلم عن طاعتي ..

ويأبى إلا الكتابة لك ،

ترتجف الورقة .. من رحلتها المجهولة ،

ترتعش يدي ..

لأنها تتحمل مسؤولية الظرف .. الذي لا يعرف ما هو مصيره ،

يجول العالم .. ويسافر إلى كل البلدان ،

بحثا عنك بين الشباب والرجال ،

تبحث الرسالة في كل جنسيات العالم عن رجل ..

رجل ينتظر رسالة من المجهول ،

رجل راقص قطرات المطر ،

ونام في أحضان الطائرة ..

ليقطع مسافات .. مسافات ..

رجل أنا له وطن ، ورسالتي له عنوان ،

رجل أبعث الرسالة إلى قلبه .. عنوانها بين أضلعه ،

مكتوبة بدم الشريان ،

ملفوفة بنار العشق .. ولهيب الانتظار ،

رجل يحب أن يسهر مع مصرية ..

ترقص على كلماته ، بحركاتها الشرقية ،

رجل عانى من حب شامية ..

يذكره بها طوق الياسمين ،

وصوت قبقابها في أرض ديار ،

رجل يغريه حزام المغربية .. يلتف كالأفعى على
خصرها ،

ليزين قفطانها ..

يسارع إليها ليحررها منه ،

فيلدغ بدلا منها .. بحرارة الحب تجاهه .. التي تتنبعث
من كل خلاياها ،

تعالجه بعطرها المعبق .. وشعرها المطلق سراحه إلى
حلال القصور ،

فيتنفس حبها ورائحة البخور ،

فيتذكر بخور الخليجية .. وهي تدور في قصرها ملكة
،

تخدم زوجها بكل تواضع ،

رجل يأبى أن يحب إلا أوروبية .. تأخذه في جولة
خيالية واقعية ،

ليعيش ليلة رومانسية باريسية ،

أو أمريكية .. يتحرر مع خصلات شعرها الشقراء
الحريرية ،

المتطايرة دونما اكتراث لقسوة البرد أو صعوبة الطقس المثلج ..

تتجرد من كل العادات والتقاليد على شاطئ البحر ..

لتعيش معه الحرية ..

<u>رفضت الرجال</u>

رفضت الرجال

رفضت كل الرجال

لأجلك أنت ،

رفضت الرجال ..

لأحظى بك .. جائزتي الكبرى ،

لأستكشف خباياك ..

لأبحث فيك ،

لأدرسك ،

وأحلل أسرارك ..

لأبحث في كهوفك ومغاراتك ..

لأكتشف نفسي باكتشافك ،

رفضت الرجال ،

لأنك اختصرت كل الرجال ،

لأنك جمعت المخاطر

وأنت بر الأمان ،

رفضت الرجال

لأدرس آدم فيك ..

في جنّة عدن ،

لأتعرف على معدن الإنسان ،

لأقارن بين الأليف منك ،

والمتوحش في كفّة ميزان ،

رفضت الرجال

لأبحث عنك ..

فضلعك ..

لن يُلاءم كل الرجال ،

رفضت الرجال

لأيام .. أسابيع .. شهور .. سنون ..

لعمر ..

فلا تسأل ؟

نعم .. لأجلك ،

فحتى التساؤل فيك ..

ليس عندي له مجال ،

رفضت الرجال ..

لأجل يوم غير معلوم ،

ولم أندم ،

فبالمقابل ..

فلبي على يقين ،

بأنك يا سيدي ..

يا سيد الرجال ،

لن تبحث عن حبي بماس أو بمال ،

بل بقلب ..

وروح أطلقتها في عوالم الإنس والجان ،

روح أطلقتها في عوالم السؤال ،

لتبحث لك عن جواب ،

جواب مختوم بعنواني ،

يحمل قلبي وسنين عمري ،

سنين وقّرتها .. لك .. فيك ،

وسنين أوفّرها لك .. إلى حين ألقاك ،

حصالتي مليئة بأعاجيب الحكايا ..

غرام وأشواق في كل الحنايا والثنايا ،

الورقة البيضاء

أضيع في تفاصيل الورقة البيضاء ،

و أنا أحاول أن أفهم ..

من أين أبدأ خريطة وجهك ،

أتشاجر مع فرشاتي والألوان ،

تعصاني النقاط والخطوط ،

تخونني ذاكرتي ..

فلا تزودني بملامح وجهك ،

شعر .. عينان .. أنف ومبسم ..

أذنان وخدان ..

لحية أو بلا لحية ..

بلا ملامح ولا تفاصيل ..

هذه صفات وجوه كل الرجال ..

فكيف أميزك بين رفوف ذاكرتي ،

ومكتبة ذكرياتي لا تحتوي كتب الرجال ..

والد .. أخ .. عم وخال ..

لا يمكنني التركيز ..

اشعر بالحيرة والالتباس ،

فورقتي ترفض المحارم في الاقتباس ..

أجلس في مرسمي بالساعات ..

أحايل فكري .. وأراود خيالي ..

أنتظر الإلهام ، أجلس .. أمشي ..

أنتظر و أنتظر ..

أبتعد عن اللوحة .. علّ الإلهام يأتيني ،

أشيح بنظري عن الألوان ..

أتأمل المطر من النافذة ..

وصوته يغازل .. حاسة السمع عندي ،

أحاول الهدوء ..

و أقرر أن أرتشف القهوة .. لعلي أهدأ ..

يغريني المطر ..

فأنطلق لأرقص تحت حبيبات المطر بكل حرية ..

أفرد ذراعيا ..

وأطلق شعري ليختلط بأمواج المطر ..

المنهمرة من طيّات السماء ..

أغمض عينيا .. وأرفع رأسي تجاه السحب ..

لأتحسس القطرات وهي تسري على الجفون ..

فلا أرى إلا يدك على وجهي ..

تغطيني وتحميني من حبّات المطر ..

تظللني بمظلة سوداء ، تحملها في يدك ..

أرتخي بين ذراعيك وأعيش الحرية ..

بك .. ومعك .. وفيك ..

تراقصني وتحملني تحت زخّات المطر ..

وتنعتني بمجنونتك ، ومجنونة حبّات المطر ..

أحاول أن أنظر إليك ..

لكن انهمار المطر على وجهي تعكّر الرؤية ..

فلا أراك ..

فتحل محل حبيبات المطر أنهر دموعي ..

أحاول ردع الدموع ..

ولكن بلا جدوى ..

لأجدني أسرع لأرسم ملامح وجهك ..

وعندما أنهيت اللوحة بدموعي المنهمرة ..

والممزوجة بالأوان ..

ولوّنتها بمشاعري وأحاسيسي ..

أردت أن أراك ..

فوجدتني .. رسمتك وأنت تضع قناعا ..

فلم أعرف ملامحك إلى الآن ..

<u>**أنا في انتظارك ..**</u>

أضربت عن كل المشاعر ..

أنا أعيش في إضراب ..

وبداخلي كم هائل من الاضطراب ..

أضربت عن كل أنواع المشاعر ،

لأنني لم اعش الحب بعد ،

سافرت بمشاعري وحواسي ،

إلى كواكب مختلفة ..

إلى عوالم مخفية ..

ولم أجد الحب في كل الأكوان والمجرّات ..

لنني أخطأت في أماكن البحث ،

فأنت موجود على سطح الأرض ..

لم أبحث عنك في باقي الدول .. وكل القارات ..

فقد أخذني الغرور ..

بأن صاحب هذا القلب المهجور ..

والحب المنقوش المحفور ..

هو شبح .. أو خيال ..

هو روح تبعث عديد المرّات ..

روح تتجسد في كثير من الحياوات ..

في كل مرّة تأخذ شكلا مختلف ..

ولكنّ جوهرها واحد ..

فهل ولدت قبل سنين ..

أم ولدت يوم ولادتي بالذات ..

في نفس اللحظة والحين ..

ألم تشعر أبدا بحنان وحنين ..

لشخص مجهول ،

شخص تعرفه منذ سنّين ..

أتؤمن بالمعقول ؟ أم تؤمن باللامعقول ؟

ففي كلا الحالتين ..

أنا أنتظرك ،

أنا في انتظارك ،

بشوق واشتياق ..

بوجد وحنين ..

بلهفة ووله ..

حتى يلتقي الليل بالنهار ..

وتلتقي الشمس بالقمر ..

وتجتمع الفصول الأربعة في يوم واحد ..

وتحتسي شاي العصر ..

تحت أمطار شتوية .. وحرارة صيفية ..

بين وريدات ربيعية .. وتساقط أوراق أشجار خريفية
..

أنا في انتظارك ..

حتى ترضى كل النساء ..

بنات .. أمهات وأخوات ..

صديقات .. حبيبات وعشيقات ..

يوم يحكم كل الرجال بقاع الأرض ..

ويعم السلام الرضي الطول والعرض ..

يوم تخيّم على أرضنا سماء العفّة والطهارة ..

ويكفّ الرجال عن اصطياد النساء بكل علم ، فن ، ومهارة ..

أنا في انتظارك ..

حتى تبصرني بعينك الثالثة ..

حتى تفتح لك عين العقل ..

حتى تراني في أحلامك ويقظتك ..

حتى تعرف اسمي وعنواني ..

حتى تتفتح بصيرتك ،

وتدرك أنني أميرتك ..

أنا في انتظارك ..

حتى يترافق رقاصا الساعة ..

وتجتمع ساعات اليوم على قهوة الصباح ..

تجتمع على الساعة السادسة صباحا ..

لتجمّع قطرات الندى ..

وترى ما يملكه الصباح من حلى ..

يوم تغرّد النسمات ..

وترفرف الزهرات ..

وتحلق الوردات ..

أنا في انتظارك ،

مهما تغيرت الحقب وتغيرت الأزمان

أنا في انتظارك ..

حتى ..

حتى تجدني ..

عتاب وقت الغروب

أراني أجلس برفقتك على هضبة ،

وقت غروب الشمس ،

أراك تجلس بقربي بكل هدوء ..

يغريك غروب الشمس ،

وهي تتغمس في البحر في الأفق البعيد ..

تغريك ألوان الأشعة الحمراء ..

وأنا يغريني منظرك ..

وأنت متعلق بغروب الشمس ..

كأن الوقت قد توقف ،

وألغيت كل المعايير ..

لا أرى أمامي ..

إلا أنت وحبك لوقت تغادرك الشمس ..

وأنت لا ترى أنثى أمامك .. إلا ذلك القرص المحمّر ..

أكاد أراك تغار عليها من حضن البحر الغامض ..

يغريني شكلك ..

وأنت متعلق بآخر لحظاتها على سطح الأرض
المنبسط أمامك بشساعته وامتداده ..

يغريني أن أراك ..

وأنت جالس .. هادئ .. ومركّز ..

لا أرى .. إلا بذلتك وخيالك ،

فأنت تتتقدمني من حيث الجلوس ،

أنت تنظر إلى الشمس ،

وأنا انظر إليك ،

من خلال الشمس ذاتها ..

ما أجمل شكلك ..

شعرك وملامح وجهك الرجولية ..

لا أكاد أميز ملامحك المبهمة

فلغروبها عنك تأثير عليك

ويلي من الغيرة التي تتلآكلني

من قرص يفوقني إشعاعا وحرارة

من قرص يفوقني ضوءا وانتشارا

ويلي من ند يفوقني تأثيرا عليك في تلك اللحظة

ولكن

ولكنها انطفأت فجأة في ذلك البحر الغدار

الذي أنصفني اليوم

فأخفاها ولم يعد يريدك أن تمعن النظر إليها

فكلما نظرت إليها زادت حرارتها رغم مشارفتها على الانطفاء

لقد ابرد البحر ناري

وبخّر لها نارها وتوهجها

ولكن ذكراها مازالت تؤلم

فكلما تذكرتها توهّجت عيناك

وكلما رأيتني توهّج قلبك

وكان هذا عزائي

فقد كدت أن اضمحل لولا غيابها الذي اكتمل

كنت مجرد خيال ينتمي إلى ظلك في وجودها

لم أكن قمرا يعكس نورها

ولا مرآة تعكس ضوئها

بل كنت امرأة تريد أن تخطفك منها

كنت امرأة تغار مني

وتحاول سلبك مني

ولكن هيهات أن تتغلب علي

وان فاقتني قدرات ومميزات

فقد كنت أتركك لتعيش نزواتك

فكلما قاربت النزوات على الانتهاء

اشتقت اليا

وعلمت أنني نقطة البداية ونقطة الانتهاء

علمت انك تدور في المالانهاية

علمت انك مني واليا

تغادرني لتعود اليا

وكل ما تفعله يعيدك اليا

<u>وقت العصاري</u>

أتحرق شوقا لوقت العصاري

حين اجتمع بك على طاولة الشاي ،

أتعلم أنني أجادل نفسي وأناقشها ،

أسايرها أحيانا ،

وأزايد أحيانا .. على أي كرسي اجلس عليه ،

لأنني أحتار عندما يوضع أمامي الاختيار ،

أفكر وأكثر من التفكير،

لأعرف أي الأماكن يليق بك لأجلس عليه ،

أأجلس إلى يمينك أم إلى يسارك ،

أريد أن أحيط بك ، وأجلس في كل الأماكن ،

لا يمكنني أن أرى كرسيا بجواك خال ،

يجب أن لا يجتمع على الطاولة إلا كرسيان ،

كرسي لك و كرسي لي ،

فأنا لا أعلم من قد يجلس بجانبك ،

على العلن أو خلسة مني ،

من أجمل ساعات اليوم ..

ساعة الشاي .. وقت العصر ،

أنت وأنا ، وطاولة الشاي ،

اصب لك الشاي ، وكأنه يتدفق من شراييني ،

دقات قلبي تتزايد ،

وتضرب مع اضطراب أوراق الشاي في الإبريق ،

كأن هناك إعصارا داخل عروقي ،

أسألك عن سكرك ..

لأنني لن أسمح للسكرية بأن تعاكس يديك الدافئتين ،

أتمنى أن تلفّني وتُلَّوِّحني كما تفعل مع الملعقة المسكينة
،

ألا ترأف بحال الصبايا ..

فحتى صحن البسكويت يقدّم لك بكل فخر واعتزاز ..

بناته البسكويتات الواحدة تلو الأخرى ..

وكأنه يقدّمهن قرابين طلبا للرضا والغفران ..

مسكينات البسكويتات ،

ولكني ..

ما علمت أنك تستهويهن حين كل أطهوهن ،

يا لني من بريئة ..

أنا هي المسكينة ..

تقدم لك كل أنواع الصبايا ..

<u>**في أمسية شتوية**</u>

في أمسية شتوية أمام موقد النار ،

التقطت أناملي أول خيط صوف ،

لأحيك لك وشاحا يدفئك من برد الطقس المثلج ،

في ذلك البيت ، وأنا جالسة بمفردي ،

في انتظار عودتك ..

بين احتراق الحطب واحتراق الأشواق ،

بين صوت تساقط حبات الثلج .. على سطح بيتنا ،

وصوت حذائك يحطم طبقات الثلج ،

قادم غير بعيد ..

في تلك اللحظات ..

وأنا أحيك الوشاح ،

بخيوط الشوق والمشاعر ،

فتحكي لك الغرز حكايات الحب والانتظار ،

حكاية طفلة صغيرة ..

تحلم بحبك حتى أصبحت شابة كبيرة ،

تراك فارس الأحلام .. وأمير الحكايات ،

وتنتظر أن تصبح في حياتك أميرة ،

حين التقيت بك في كثل هذه الليلة الشتوية ،

فخطفت أنفاسها على حصانك البيض ،

لتحلق بها بعيدا ..

بعيدا إلى ضوء القمر ،

أميرة صنعت لها من نجوم السماء تاجا ، ووضعته
على رأسها ،

وزيّنت يدها بحجر مقمر ، كتبت عليه اسمك ،

لتصبح ملك ..

بعد أن عرف الوشاح قصة حبّنا ،

هرعت مسرعة إلى الباب ..

بعد أن أنبأني إحساسي بأنك أقبلت عليه تفتحه ،

لأستقبلك بوشاح قمت بحياكته لك بحكاية حبّنا ..

<u>جلسات على ضوء القمر</u>

في ليلة من ليالي الصيف الرومانسية ،

كان جالسا يتأمل صفحة القمر ،

طلبت منه أن يعزف لي على العود معزوفة ..

وما إن احتضن العود حتى خدّر أحاسيسي ،

وبدأ العزف لكنّه كان يمسك شراييني ،

فهي الأوتار التي يعزف عليها لحن الحب ،

فقامت النغمات تتراقص على لحن الغرام ،

ونزلت النجمات لتزين الجلسات ،

وتلألأ المكان ..

وما وجدتني إلا أرقص على نغماته ،

بين مدّ وجزر ..

دلال و دلع .. قمسيونجى

وجدته يغازلني بنظراته ..

ويتفحصني في خلسة وخفاء ،

فأوقفني الخجل عن الرقص ،

ورماني الحب بين ذراعيه ..

أهرب من عينيه إلى حضنه الدافئ ..

لأختبئ بين أضلعه ..

ولكنك العناد يجعلك تطلب الرقصة مرة أخرى ..

أرقص لك ..

من أجلك ..

فأجدني أتقن فنون الرقص ..

على ألحان شرقية وغربية ..

وحتى رقصات جاهلية ..

فصوتك العذب يجعل جسمي أكثر مرونة ..

ونظراتك تجعلني بك مجنونة ..

فلا أستطيع النظر إليك

ولا أستطيع تحمل عمق نظرات عينيك

فأهرب .. وأهرع منك .. إليك ..

<u>خلسة..</u>

مشيت بخفة وخلسة ،

بين حنايا البيت ،

أبحث عنه بخطوات ..

أختاله وأبحث عنه دون أن يدري ،

أريد أن أفاجئه ،

أريد أن أفاجأ قلبه بشوق يحمله قلبي ،

وحين رأيته كان يجلي على البيانو ..

يحاول العزف ،

أو يفكر في معزوفة جديدة ،

فتحيّنت الفرصة ..

وانقضيت عليه فجأة ..

باغتّه .. واحتضنته .. وسرقت قبلة بريئة ،

فابتسم ..

وغمرني بسعادة ،

جلست على طرف البيانو ..

ألعب برجلي .. وفستاني الأزرق تلاعبه النسمات ،

فعزف لي ألحان حب خيالية ..

أخذتنا إلى عوالم الحب غير المرئية ..

سافرت بنا الألحان إلى عوالم خفية ..

فعشنا في عالم لا معقول ..

لوحدنا .. لا أحد معنا ..

في عالم تملؤه مفردات الحب والحنون ،

بيوته من بيوت الحب ..

وفيه بساتين من الوجد والشوق ..

سماؤه من الغزل والشجون ..

وأرضه مزيج بين العقل والجنون ..

عالم هواءه عطر حبيبي ..

فيه محيطات من دموع الابتعاد ..

وأنهار عذبة من دموع فرحة اللقاء ..

<u>المرآة..</u>

كلما نظرت إلى المرآة رأيت انعكاسك فيها ..

أراك ورائي تمشط شعري ..

أراك تربط عقدي ..

أراك بجانبي تهمس في أذني ..

أراك ترسم قبلة على خدي ..

كلما نظرت إلى المرآة ..

قلّما أراك خلفي أو بجانبي ..

فأنا أراك ملأ العيون ..

أراك تتوسط بؤبؤ العينين ..

فيشع من عينيا نور الود والحب ..

كلما جلست إلى تسريحتي ..

أجدك في عطري ..

في زيت شعري ..

أراك تتجول بين أصابع أحمر الشفاه ..

تحمل الماسكرا ،

وتدحرج طلاء الأظافر ،

كلما فتحت خزانتي ..

وجدتك مختبئا بين فساتيني وأثوابي ..

ترمي أحذيتي في كل مكان ..

تبعثرها ..

وتشتتني بين بنات الأفكار ..

أهرب من الغمزات واللمزات ..

أضع لبنة على لبنة .. لأبني جدارا من الخجل يحميني

..

فأجدك تعاكسني من ثقوب في الجدار ..

أعود إلى تسريحتي ..

أنظر في المرآة من شوقي إليك ..

لجدك في عيوني ..

حولي وبجانبي .. خلفي وأمامي ..

في عطري وشعري ..

في حمرتي وألوان ماكياجي ..

أجدك تعبث بإكسسواراتي ..

تكسّرها ..

لكي لا يبقى ألا خاتمك في يدي ..

لينبض خاتمك .. كلما نبض العرق الذي يمتد إلى قلبي

..

فينبض قلبي بحبك .. ويتدفق دمك في عروقي ..

فتزهر الخدين ..

وترسم على مبسمي قبلتك ..

هاتفك والحديقة

أسافر في بحر المعاني ..

أبحر في قاموس المشاعر والأحاسيس ،

ابحث عن كلمات ..

اعتراني الغموض حين سمعتها ..

ابحث عن كلمات ..

لفهم معانيها ،

تنصحني بان أعيشها وأعانيها ..

ابحث عن كلمات ..

لابدّ أن أحياها .. ولابد أن أموت فيها ..

أبحث عنك في بحر المعاني ..

لأجدك بحّارا ..

بل قبطانا .. يوجّه سفينة الحب ..

فكلّما رأيتك ..

كلّما رأيت هاتفك والحقيبة ..

كلما رأيت مفاتيحك ونظاراتك المريبة ..

ما استطعت فهم المفاتيح لأنها كثيرة ..

ولا قرأت النَظَرَات ..

فنظراتك ليست بريئة .. بل نابعة عن خبرات ..

كلّما رأيت هاتفك والحقيبة ..

حدثت أعاصير و إنفجارات ..

ولكنّنك ربّان تتحكم في مجرى الشريان ..

أبحرت في قاموس المشاعر ،

لأجدك تتحكم في الكلمات بمهارة شاعر ..

تخطفني من سنوات مراهقتي ..

لأنضج بين يديك .. فتاة .. شابة .. بريئة ،

تغار من براءتي ..

فتحولني إلى امرأة مغرية جريئة ..

تغار على أزهار أنوثتي ..

فتحبسني في قفص الأحاسيس ..

تملكني وتأسرني بين أضلعك ..

تطبق عليا بأسوار ضلوعك ..

وتقفل بمفتاح الغيرة ،

تخرجني كلما اكتمل القمر ..

لنعيش ليلة قمرية ..

أنا قمرها وأنت نوره المضيء ..

رنة هاتفك

يرتجف قلبي كلما رنّ الهاتف ،

أغار عليك ..

أغار على سمعك ..

أغار من رنّة هاتفك ..

التي يتداعب أذنيك ..

تتركني في حيرة ،

تختلي بهاتفك ..

لا أدري لما تمر الثواني بثقل ..

وأنت في الخلوة مع الهاتف ..

أغار ..

أغار على ثغرك ،

وما يخرج منه من كلمات ..

كلمات هي ملكي ..

حب كانت أو عتاب ..

تحرقني الثواني التي تثاقلت ..

وأثقلت كاهلي ..

أحوم في الغرفة ،

أدنو من الباب ..

ثم أرجع خطوات إلى الوراء ..

ثقتي فيك .. ثقة عمياء ..

ولكن .. كلما يرن الهاتف ..

تتفتح عيون الغيرة ،

ماذا افعل ؟

هل أسرق الشاحن ..

أم أدبّر حادثة أليمة لهاتفك العزيز ..

فأتخلص منه نهائيا ..

فأمسح المشكلة بصورة نهائية ..

ولن تصبح هناك رنّة ولا هاتف ..

كل الميل

أميل إليك كل الميل ..

فلا أرى من صفاتك ..

إلا ما يزيد من رغبتي في الاستحواذ على قلبك ..

وددت أن أصاحبك كظلك ..

أن ألتف حولك كوشاحك ..

ذنبي أني همت في حبّك ..

همت في أرجائك كوطن اعرفه ،

سرحت ومرحت على مروجك ،

وبين وديانك كن العب بالماء ،

أمشي في مخيلتك ..

وأتعثر بحبيباتك السابقات ،

حبيبات كن قد مررن بهذا ..

القلب المجنون ،

أدور .. أدور

ثم أحلّق كالفراشات ..

استنشق نسمات عطرك ،

و أغوص في الوريد و الشريان ..

أتزلّج على مسامات جلدك ..

تنهمر قطرات عرقك من الجبين ..

فتحكي لي ..

ذكريات رجل عصامي ..

بنى من طاقة تحمله ..

رجلا يحملني بين الرمش والعين ..

يلف بي العالم ،

ويطلعني على سر لا يعلمه سواه ..

يعرفني على عالم أعيش فيه معه ..

يسرقني بكلمات من عالمي إلى عالم لا أعرفه ..

عالم أخافه ،

عالم أنا غريبة فيه ،

لكن وفجأة ..

أجدك جالسا على كرسي ..

يبدو أن هذا

هو عالمك أنت ..

عالم يملؤه الغموض ..

ومخيف ..

فجأة أبصرك ..

تجلس بغموض على الكرسي ..

عندها ..

يصبح العالم مليء بالشموع ..

التي تتلألأ على صفحة الماء ، وكأنها نجوم ..

إنه عالم من الرومانسية ..

تلبسني لحاف السرير

تلبسني كلما لبست منامتك

ثم ترتديني برنسا فوق المنامة

تستحوذ على أحاسيسي

لأجدني انتشر في أرجاء الغرفة

انعكس في كل المرايا

انعكس في ساعتك

وفي الماسة خاتمي

سماء أنت ..

تمطر طيبا وعطرا

تعجّ بالسحب المتلبّدة

كلما لاح الليل بغطائه الأسود

لحاف السرير

لحافي الزهري

الذي شغلت أزهاره بغرز الصبر والانتظار

لحاف السرير

الذي كان رفيقا لي في فترة الخطوبة

شاهد على أشواقي لرؤياك

أصبح شاهدا على نوبات البركان الثائر

وهدوء البحر الهائج

ليستريح على شاطئ الأنفاس

لحاف السرير

يشهد على غاراتك وهجوماتك

يشهد على استسلام امرأة

امرأة .. أحبت رجلا

اختصر فيه كل الرجال

رجل يحميها بقوة حنانه

يحملها في طيات كيانه

يأخذها .. منها .. إليه

يسرقها .. يخطفها .. يخطبها ..

يزفونها إليه ..

يملكها بين يديه ..

رجل لا أتنفس إلا في بحره

رجل أملأ عينيه

رجل توجني عروسا بحبه

فاختارني حورية من محيط النساء

انتظرني

حتى دقت الساعة الثانية عشر

ليكتشف حقيقتي

ولم يرض فقط بالحذاء

رجل ..

أغراه جوهر النساء بداخلي

ولم يبالي بفستان سندريلا

الذي أرتديته لأجله

انتظرته مع أقزام أيام الأسبوع

وفي كل يوم ..

قزم يواسيني في غيابه

فلم ترحمني السنَوَات ..

وأوجعتني هذه السنة بالذات ،

حين حلمت بان السنوات غارت ،

فأغارت ، فأخذتْ .. محل سنو وايت

فتفاجأت بأنك أنت الذي تهديني تفاحة جَنّية ..

تسكنني بها في جنتك الأبدية ..

جئتك لأذكرك

جئتك لأذكرك

لذكرك بفتاة ولدت لأجلك

ولدت من أفكارك

ولدت من أحلامك و حواسك

ولدت لتكون لك جناح الحرية

لتكون لك ارض الوطن

فتاة تحت ظلم الطغيان

فتاة مأسورة بين الجدران

لا تراك في السماء إلا وجه القمر

فتاة تميزك بين كل أرواح البشر

فتاة تنتظرك على وهج عود الكبريت

لا تحس بظلمة المكان

لأنها تعلم أنها ولدت بهدف

ولدت لتكون هالتك وعمقك

ولدت لتسبح عكس التيار

تسبح في دموع من نار

دموع سقطت من تفاصيل وجهك

بسبب الوحدة بدون فتاتك

فتسبح وتسبح حتى تستقر في عينك

جئت لأذكرك ..

بوعد قطعته لفتاتك

في صحوك أو منامك

جئت لأذكرك ..

بفتاة عاهدتها قبل أن يخلق البشر

بفتاة خلقت من ضلعك

وتنتظرك

تريد الاستقرار بين ضلوعك

لتعود وترجع

إلى أصل انتهاءها فيك

جئت لأذكرك ..

بفتاة تفصلك عنها مئات الأميال

يفصلك عنها بر وبحر

ولكنها منك وتنتمي إليك

جئت لأذكرك ..

قارب من ورق

أساهر القمر لعيونك حبيبي

وعيونك تملاها الدموع

اسأل عن سبيل اللقى

وكل شيء في يدي ممنوع

فانا مازلت طفلة صغيرة

تبحث عن الطفل الذي بداخلك

تبحث عنك في كل الوجوه

أريد أن العب معك

أشاركك ألعابك .. وأقاسمك ألعابي

أنا طفلة تريد أن ترى البراءة فيك

تريدك أن تتجرد من كل القيود

تريد أن تلعب وتمرح

تريدك أن تنسى يغيظك في البشر

أنا طفلة تريد أن تمسك بيد طفل صغير

تشاركك بطائرتك الورقية

وأنت تعدها برحلة بحرية

في قارب من روق

الطفلة وأنت

في رحلة سحرية

والسحر فيها يكمن في أننا لوحدنا

لنعيش في جزيرة منسية

جزيرة ليست على خريطة البشر

فلنحطم القارب ونمحو الأثر

لنعيش لبعضنا

ونستمر في سعادة لا متناهية

نعيش في بحر من دموع الفرج

يتخلص كلانا من وحدته

لنتوحد في وحدة أبدية

نمحو كل خطوط الطول والعرض

نلغي إحساسنا بالزمن

نحن وحبنا

وكل حاسد من عينيه يدفع الثمن

نلغي إحساسنا بالزمن

<u>في حبك</u>

تغلبت على كل من ادعيت العشق من النساء

فانا عشقتك منذ أن خلق أول الرجال

وسوف أعشقك إلى أن ينتهي كل البشر

أحببتك منذ أن خلق الحب فوق سطح الكرة الأرضية

تلونت بكل ألوان المشاعر

حين أمطرت على ارض الحياة

استنبطت سحر الوجود من عمق الأرض

لأنشره على مساماتي بالطول والعرض

استعبدت سكان القمر

وحوريات النجوم

فراشات الأرض

وعصافير الغيوم

ليساعدوني في خدمتك

لأقيم لك طقوس الاحترام

ولأظهر لك عقود الالتزام

تعلمت السباحة في هضبات خديك

واستقريت في أحبالك الصوتية

اسمع اسمي بدون أن تنطق حروفك

فحروف الحب ليست كحروف الأبجدية

أنت بشري وأنا لك حورية ،

فنحن لم يخلق مثلنا بين البشر ..

فأنت تحبني ..

وأنا في حبك أهوى العبودية ..

أقيم لك طقوس فرعونية

يونانية ، إغريقية ، رومانية ، هندية ، تركية ، غربية
، عربية ، مغربية

لكي لا تعرف إن كنت ..

إنسية أو جنية

فقد تعلمت كل طقوس الحب الروحانية

لكون لك المرأة الواحدة في الديانة المسيحية

أو لأجمع صفات أربع نساء وفق الديانة الإسلامية

تعلمت طقوس الحب الفرعونية لأعيش معك بعد الحياة حياة أبدية

تعلمت طقوس الحب الهندوسية لأولد لك في كل حياة بشرية

فحياة واحدة لا تكفيني لأعيش الحب فيك

<u>لا املك</u>

لا املك إلا قرصا عليه صوتك

وكتاب عليه كلمات أغانيك

ودفتر أدون فيه أشواقي وأحزاني

لا احلم إلا بلحظة التقي فيها بعينيك

أتوسط قلبك وأتربع على عرشه

لا احلم إلا بأول لحظة تجمعنا

لا أتحكم في قلب يهواك

يتنفسك ويعيش بهواك

لا أتحكم في دموع تمطر بغزارة

لا أتحكم في فؤاد يحترق بحرارة

ترفرف عصفورة شوقي

ثم تطير

تحط على شجرة بيتك

تحط عصفورتي على غصن يمتد إلى نافذتك

تتأمل وجنتيك

تتأمل والشمس تداعب حاجبيك

تغرد عصفورتي وتزقزق

تلاعبك وتحاول اللعب عليك

تحاول التأثير فيك لتفتح عينيك

عصفورتي تحبك كحبي لك

لكنها أكثر حظا مني

لأنها تشاهد ولادة النور من عينيك

عصفورتي تروي ضمئي

تروي عطشي ، وتسد جوعي

عصفورتي تغازلك من الغصن الممتد إلى نافذة غرفتك

فقم واستقبلها كما تستقبل نسمات الصباح

افتح النافذة وافتح لي قلبك

افتح النافذة

ورحب بقبلتي على جناح عصفورتي

افتح ذراعيك واستقبل حبي

استقبلني كلي

استقبلني بذاتي

القادمة إليك على جناح الريح

افتح ذراعيك واستقبل حبي

أسوار المدائن

حطم أسوار المدائن

كسر الجسور

وأغلق كل الأنفاق

دمر سكك الحديد

ادفن مدارج الطائرات

اغرق المرسى والميناء

الغي الجوازات

ووحد الجنسيات

فحبيبي وأنا من قطرين مختلفين

متباعدين

فانا وحبيبي

توحدنا بقلب واحد

عشنا في جسدين

واصلنا روح واحدة

غرقنا في بحر الحب

ونجونا على شاطئ الغرام

اجتمعنا وكأننا ما افترقنا قط

التقينا وكأننا ما ابتعدنا عن بعضنا قط

هيا قم

وانتفض على الخرافات والأساطير

اجمع قطرات المطر وماء الغدير

انحت الصخر والحجر

اجمع لي كل الجزر العذراء

لتكون لي قارة باسمي واسم الحب

عدّل خريطة العالم لنجتمع

ارسم حدود قارتي التي تتوسط المحيطات

لا تسمح بان يقترب منا طيار أو بحار

استوطن محيط قلبي

واقلب محيطات الأوطان

قلب صفحات فستاني

واكتب حبك بدمائي واستعمل شرياني

قطع أوردتي وفجّر بركاني

أَغِرْ عَليّا واحمني من غارات العدوان

اعد روحي إليا ولملم أشلائي

استجمع قواك وتجسد في أحلامي

اخرج من خوف غيابك

واظهر من بين ثنايا القدر

فلتظهرك صلاتي في كل ليلة قدر

فليظهرك دعائي بعد كل صلاة

لا تتحدى المكتوب ..

وأذعن

فكل فائز في الحب على أمره مغلوب

فالاستسلام لخطط القدر

يزيد من حظوظنا كبشر

أعلن الاستسلام

وحلق مع سرب الحمام

لا تسترح ولا تنام

لكي لا تصبح في حكايا الحب الوحيد الملام

فالحكايات تخلد من يحقق الأحلام

ابنى لى قصرا

ابني لي قصرا على سطح الماء

زينه باللؤلؤ والمرجان

زركش جدرانه بالزمرد والزبرجد

والياقوت

إملأ قبابه بأحجار الماس

أريده أن يتلألأ مع امتداد الماء

أريده بقعة من نور

في قلب محيط مظلم

أريده منارة مع ظهور كل بدر

ابني لي قصرا ما سمعت به أذن انس ولا جان

ابني لي قصرا أطأه أنا أول إنسان

ابني لي قصرا بعرقك

زينه بلؤلؤات عرقك المتناثرة

لا لا .. لا تفعل

بل احتفظ بلؤلؤاتك العرقية لغرفة نومي

رصعها على النوافذ والجدران

اجمع لي أنفاسك لأبخر بها غرفتي

اجمعها لي في زجاجة عاجية

وضعها على الطاولة بجانبي

لاستنشقها كلما غادرت السرير

اخطف لي أمتارا من قماش السماء

الشفاف المتلألئ

واصنع لي ستائرا لغرفتي

حبيبي .. خذ جولة

في غابات الأمازون

زين ساحة قصري بطيور وحيوانات نادرة

اصنع لي صرحا

و إملأه بأسماك بألوان الورود

احظر لي من أعالي جبال الألب

أزهارا كادت أن تختفي من الوجود

واصنع لي عقدا زيني به

وجمل عنقي بقبلة سحرية

ودعني أقبلك على وجنتيك

أضمك

وأهيم فيك إلى ما بعد الغروب

لأجدك بأضواء منارتي

في عرض البحر

في قصر أهديتني إياه

بنيته لي ..

لكي أجدك فيه ..

كلما بحثت عنك بين البشر ..

وجدتك في قصري ..

وجدتك ..

على ضوء القمر ..

<u>اسمعني أغنية في المساء</u>

اسْمَعْنِي أغنية في المساء

أنْظُرْنِي نجمة في السماء

اقطفني زهرة من بيتان العشاق

استرجعني من ذكريات اللاوعي

جسِّدني أنثى

اختر تفاصيلي وصفاتي

إستخرجني من طيات الحلم

ارسم امتداداتي وانحناءاتي

العب بخصلات شعري

بعثر غرّتي

أطلق سراح ضفائري

استعمل أصابعك لتنحت ملامح وجهي

اتبع عروقي

واستمع لنبضات شراييني

غطني بلحافك

وبجلدك احميني

سرّح مشاعري

ومشّط أحاسيسي

زين ثغري بمبسمك

واجمع بحري في يمك

ذوّب شوقي في ألمك

اجمع أحزاني كما بعثرتني في شهر أيلول

اجمعني كما قطّعت أوصالي

فالوصل بالوصل

ولولا الموصلي ما وصلني صوتك الموصلي

اجمعني في حنايا جلدك المتفجر

اجمعني بين عضلات جسمك المنتفضة

اجمعني بين مساماتك المتظاهرة

اجمعني في مظاهرات ألحفة السرير وأغطيته

اجمعني بين وسادة مسقية بدموع فتاة شرقية

ووسادة أدفأتها أحضان فتاة غربية

اجمعني بين المعقول واللامعقول

اجمعني بين حلم يقظة وحلم ليلة صيف

اجمعني كما بعثرت كياني

اجمعني فقلبك لا يمكن أن ينساني

فانا فتاة صعبة النسيان

<u>الشال..</u>

أحب شالك المزركش

أحب شالك المخطط

أحب شالك المنقط

أحب شالك الكاروهات

تغريني لفة شالك حول عنقك الحبيب

يغريني عدد دورات الشال حول عنقك الحبيب

أغار من الدفء الذي يمدك به الشال

احمد الله انه شال وليس فولار

لو كان فورلارا لغرت منه غيرة النساء

ولما تمنيت له لحظة في بيتك البقاء

لو كان فولارا لسارعت لإحراقه بولاعة

دون اكتراث أو اهتمام

لأرسلت رماده بأنفاسي الملتهبة

94

لأرسلتها في رحلة بين جزيئات الهواء

لنثرتها على قبور الأعداء

لو كان فولارا لقطعته آلاف الأجزاء

لو كان فولارا لمنعت ارتدائه على النساء

وأخذت ذنبهم بذنب من أتحفني بهذه الأخبار والأنباء

لو كان فولارا لشطبت اسمه من قاموس الأزياء

لاستعملت ممحاة النسيان ومسحت حروف الفولار

أحب شالك لأنه رفيق أوتارك وأحبالك

أحب شالك لأنه صديق حنجرتك الذهبية

شالك حبيبي ورفيقي

شالك صديقي وعشيقي

يحكي لي الأسرار وآخر الأخبار

يخبرني بدواخلك والدخلاء عليك

شالك حبيبي

شالك يؤنس جلساتي

ويزين أمسياتي

شالك يحاكيني ويحكي لي

شالك يسامرني ويغني لي

اسهر مع طيفك

يرافقني ظلك في الغابات

على ضفاف الأنهر والوديان

يرافقني ظلك في غابات صنوبر

بين بساتين التفاح والرمان

يجالسني ظلك تحت شجرة المشمش

امشي مع ظلك تحت أشعة الشمس الذهبية

اسهر مع طيفك على ضوء النجمات والأقمار

اسهر مع طيفك على هضبة التل الأحمر

اسهر مع طيفك على نغمة نور القمر

اسهر مع طيفك على الحان الأنوار

اسهر مع طيفك على موسيقى رقاصي الساعات

اسهر مع طيفك على رقصات الأوتار والنوتات

اسهر مع طيفك على صوت الآهات والأحزان

اسهر مع طيفك على قوس قزح بكل الألوان

على أشعار بلا ألفاظ ولا كلام

على أبطال قصص بلا أفلام

على ذكريات الماضي وباقي الأيام

نؤرخ جلساتنا على دفاتر بلا أقلام

ارقص مع طيفك على بكاء الناي

نحلق بعيدا مع دقات الأجراس

نرقص ونرقص تحت حبيبات الأمطار

احلم بطيفك يواسيني إن ابتعدت

ثم باقترابك يحييني

اسهر مع طيفك في مدن الغرام

وأعيش معه في حب وغرام

اسهر مع طيفك لأكون مع الأحياء

فبدونه اعد من الأموات

وأجدني أشلاء .. أشلاء

فانا شبح بلا طيفك

وأنا روح بلا عنوان

أنا روح لا تعرف عنوانك

فأنت الحضن والأمان

أنت قسمتي من بني الإنسان

دعني اسكن في قلبك الذي أحبته كل النساء

دعني املكه من بين كل النساء

فانا لك لب وجوهر .. ثوب وكساء

<u>تاجي..</u>

تاجي أنت ومرصّع بالماسات

عيناك زمرد ووجنتاك ياقوتات

أسنانك لؤلؤ وأذناك صدفات

شعرك أمواج بحر هائج

وذراعاك حضني وأماني

استقبلني لأسكن فيك

حيث يجوز الممنوع

ويدك تكف الدموع

أطفئ جمرات آهاتي

و امحي معاناتي وأنّاتي

أريدك أن تقطع لي وعدا

أن تعوضني سنوات فاتتني

وأنت في قطر من أقطار الأرض بعيد عني

أن تعوضني أياما فاتت بكل الساعات واللحظات

أن تتمسك بالدنيا وتعيش فيها لأجلي

فانا خلقت لأجلك

وعشت لأجل هذا اليوم

حيث رايتك

واعدك أن أعيش لك

وأموت لك

وأحيا مرة أخرى لك

فأنت جزيرة في محيط غير معلوم

أنت جزيرة لجأت إليها بعد أن تحطمت السفينة

تقطعت بي السبل لأجدني أصل إليك

هل أنت جزيرة النجاة

أم انك أنت هو محطة الوصول

فأنت جزيرة الأمان

يابسة يشتاق إليها من يتوه في المحيطات

فاكهة تعيدك إلى الحياة

كهف يقيك من البرد والأمطار

شمس تغذي الجلد وتضيء المكان

أنت الجزيرة

ولكن هل استطيع أن أتخيلك في كل الأرجاء

دون أن أراك

المسك

أكلمك

وأؤنس وحدتي بك

ها أنت

روح تتجسد أمامي

على رمال شاطئ الجزيرة الذهبية

تجسدت في رجل ذهبي شفاف

ما سر لونك الذهبي ؟

أم انه انعكاس ضوء الشمس على الرمال الذهبية

ما سر الشفافية ؟

أم أنك خال من الغموض

وأنت سر الغموض ذاته

أنت موطنه

رافقتني

وأنستني

حتى حل المساء

فأصبحت جسدا ازرق منير

وأيضا شفاف

انه القمر الذي صبغك بهذا اللون

اتكأت عليك

فغفوت

ضعت في عالم الأحلام

ولكنك انتشلتني

لأعيش الحلم معك حقيقة

والجزيرة هي بيتنا الصغير

عش حبنا ..

<u>حوض السباحة</u>

مشاغب أنت

تسابقني وتجري ورائي

تحملني

وترميني في حوض السباحة

تعلم أنني

اغرق .. اغرق .. اغرق

في شربة ماء

إذا لامسَتْ شفتاك القرمزيتان

تسارع لإنقاذي

ولا تعلم أنني حورية ماء

لا تتنفس إلا في بحرك

تعيش بين أمواجك

تسافر الشعب المرجانية

وإذا لامست حبيبات الرمل على جسدك

أصبحت لها رجلان

أسير على شاطئك الحنون

أغوص .. و أغوص فيك بجنون

أحس بان رمالك أصبحت متحركة

وتريد التهامي

ما أصعب اكتشافك

وما أقوى ألغازك

انك حزورة مبهمة

بل لغز معقود

بل كنز مفقود

انك سر الوجود

أنت امتداد من ادم

إلى أن يفنى الوجود

تحملني

وترميني على صخور الشطئان

فتحطم غروري

تهزمني

وتضاعف ضعفي

تدمر جسدي

وتفرق أجزائي

لتجمعني فيك

تجمع فيا كل نساء الأرض

تجعلني

أنا الأنثى الوحيدة بين ملايين الرجال

توصلني إلى مرحلة

أتوه فيها بين الواقع واللاواقع

المعقول واللامعقول

الوعي واللاوعي

مرحلة ينقلب فيها ملح البحر

إلى سكر عينيك الناعستين

تتلحف بشعري

ليل يغطيك

فاتوه واتوه فيك

حتى يشع النور من خصلات شعري

تحملني من مراهقتي لأشيخ فيك

تلغي الزمن

وتمنعني أن اكبر في السن

فتعيد شبابي

وترميني

في حوض السباحة

تخاف من أن أغفو

بين ذراعيك

أحب النوم فيك

فلا أصحو

تخاف أن أموت بدون استئذان

أن أسافر إلى عالم الموت

بدون إذن منك

بدون أن توافق على جواز السفر

تخاف عليا من مرحلة

لا تكون لي فيها محرما

لا

لا تخف

فانا أعيش العبودية فيك

أحب أن أكون امة بإمرتك

أفضل أن أكون ملك يمينك

لا ارغب في الحرية

ولا التحرر منك

لن أتجرد من عاداتي معك

ولن أقوم بنهضة

لن أطالب بالتحرر

ولن أطبع جواز السفر

فانا أعيش وأموت فيك

أنفاسي ملكك

وروحي بيديك

إن أردت تميتني أو تحييني

فلا تخف

لن تغادر الروح الجسد

إلا لتعيش فيك

غرفة نومك

أخذت أتجول في غرفة نومك

لاكتشف خباياك

لأقرأك بين السطور

لأحل ألغازك

وأتعرف على حكاياك

بدأت جولتي

منذ دخلت أول خطواتي

فما فتحت باب غرفتك

حتى سلبتني رائحة عطرك من نفسي

قاومت وقاومت

حني كدت أصاب بالإغماء

في لحظات

رايتك تتجسد من رائحة عطرك

لتقف أمامي كيانا أدوخ فيه

ثم عرفت أنني فتحت باب غرفتك

لملمت حطامي لأكون نفسي

لأواصل جولتي في غرفتك

فوجدتني امشي

بخطوات تمرجحني

بين لحافك

ومخدة تحتفظ بذكريات لها

معك أكثر مني

حضنت المخدة لاسترجع أنفاسك فيها

ثم غرت منها

وعلى الأرض وجدتني ارميها

توجهت إلى نافذة

كنت تطالع السماء منها

تصبّح على الشمس

وتتمنى ليلة سعيدة للقمر

وهناك ساعات .. ساعات

تجلس بجانبها تحاكي النجمات

وتوزع قبلات على قطرات المطرات

غضبت ..

وأردت ان اكسر زجاج النافذة

تمالكت نفسي

وأغلقّت الستائر

أبت الستائر أن تترك يدي

هل تعرفت الستائر على يدي

أم ان يدي هي من التصقت بالستائر

فقد أحست بلمساتك الدافئة عليها

وما أمسكت نفسي

إلا وقبّلت الستارة

فتحت خزانتك

وسافرت في غرفة ملابسك

بين بدلات سوداء لرجل كلاسيكي

مع قمصان سوداء وبيضاء

بدلات تهد جبالا

وتمر ناطحات سحاب

قمصان أضيع في سواد حزنها

فتنتشلني

القمصان البيضاء كزبد البحر

فأعيش في ثيابك

صدمات .. صدمات ..

فتهشّمني آلاف الجزاء والجزيئات

أعيش ثورة بين ربطات عنقك

فالغيرة تتآكلني من كل مؤنث حولك

فأجد الربطات الفرنسيات

مصطفات بأناقة على باب الخزانة

وكأنهن عارضات أزياء

كل منهن تنتظر منك الإشارة

ما تركن لي مجالا للغيرة

حتى فاجأتني

ربطات العنق الايطاليات

في طول وثبات

متعودات على حياة البندقية

وكل منهن ، كأنها رصاصة

تنطلق بحرارة من فم البندقية

جذبتني البلاسترون

وكأنها عازفة بيانو في ليلة رومانسية

فهي وردة تتلألأ على ضوء حضورك القمري

خطفت أنظاري البابيون

وهي تطير ..

في غرفة ملابسك

بخفة بجناحيها الشفافين

كأنها أنا في عمر الخمس سنوات

فرحة بفستاني الجديد

أطير في أرجاء بيتنا القديم

تحت أغصان شجرة المشمش

في يوم ربيعي

أداعب أشعة الشمس بين الغصون

وفستاني عليه أزهار وورود

وأنا أضع على شعري تاجا من زهر المشمش

أعاكس الفراشات

واخطف عطر الوردات

فعذرت فرحتها

لأنها عروسك كلما أقبلت على الخزانة

حاولت معاقبتهن جميعا

ثم عذرت جنونهن في حبك

فقلوبهن كحال قلبي

يخفق في وجودك

واذبل في غيابك

اعتراني الحزن

وقد رأيت في الغرفة كل أندادي

طأطأت راسي

لأجد أحذيتك مصطفة

تنم عن ذكاء وحكمة

سوادها يشبه حزني

وأنواعها بتنوع أفكاري

رفعت راسي وأحسست بالملل

لان الحذاء مذكر

رفعت راسي

و يخيل لي سماع وقع أقدام

وجدت ساعتك فحملتها

ولم أبالي بباقي الساعات

خرجت من الغرفة

لأتفاجأ بحذاء خلف الباب

رفعت راسي

لأجدك أتحفت الغرفة بحضورك

ونشرت السعادة في كل الأرجاء والأشياء

أرى البدلات تتطاير

واللحاف والمخدة

أرى قلبي تعصره ربطة العنق

وعطرك يبث الروح في جسد هدّته الأفكار

تبتسم وتقول :

ها قد عدت تقرأين الغرفة مرة أخري

اقراييني

واكتبيني

ثم اقراييني مرة أخرى

دفتر أشعاري

افتح دفتر أشعاري

لأجدك في خطوطه

في كل سطر من اسطر الدفتر

تتجسد تفاصيل رجل شرقي

رجل يباغتني بين النقاط والحروف

رجل أجده بين الأقلام

يخرج من بين الأوراق

يبعثر الصفحات ويرتبها

يلونها بكلمات وأشعار

يكتب تفاصيل وأحداث

بوقع قدميه يكتب الأقدار

رجل له أنا مصير

رجل هو لي حلم قصير

رجل يداعبني بين الحكايات والأفكار

رجل أراني في عينيه

زهر المشمش والليمون

رجل يكتب اسمي بعد اسمه على ورقة الأيام

رجل يظهر من بين رفوف مكتبتي

يسافر في كتبي

ويرجع ليستوطن دفاتري

يغادرني ليعود إليا

يأمر الورقة البيضاء

ليرسمني

يأخذ قلم الرصاص

فيكتبني بحبر النجمات

يستخلص عطرا من قرص القمر

ويحممني بكحل عينيه

ويكسيني برموش

تفترق وتلتقي لأجلي

رجل

يمشط شعري بأصابعه

ويربطه برباط مقدس

يغطيني بردائه

أخاطه بخيط إغريقي

ليجعلني اغرق في عصور .. وعصور

يأخذني إلى عصر الرومان

فيجعلني آلهة الحب وقاهرة الأزمان

يبني لي هرما بين الأهرام

ويتوجني ملكة فرعونية

اعرف كل أسرار الحب والنسيان

المعطف الأسود

خبئني تحت معطفك الشتوي

إلبسني كنزة من صوف حريري

اغمرني بين ذراعيك

تحت مظلتك السوداء

أدفئني بين ضلوعك

في يوم شتوي ممطر

سر معي

وسابقني

في الشوارع والطرقات

في حارات مهجورات

نلاعب الأمطار

ونكتب بأرجلنا الأقدار

نسير ونمشي

نمشي ونجري

نسابق السحب

ونعاكس الريح

نتبلل تحت المطر

لنكتشف عذرية خيوط المطر

نتدحرج على ارض غارقة

ونغرق في أمطار ملائكية

ونملك صكوك الحرية

لا تخلع معطفك الشتوي

معطفك الأسود الطويل

إلا في غرفة فيها مدفأة

إلا في غرفة فيها موقد

فعود الثقاب يشتعل بين أناملي

لأنير الغرفة واجعلها لك دافئة

ابحث عني في الظلمة

لا .. لا تبحث

بل انتظر ضوء الشمعة

فقد احترقت الشموع لكي تضيء لك المكان

وانتثرت الدموع لأعيد لك الزمان

رايتك تراني في ظلمة تلاشت

وأصبحت بوجودك نورا على نور

بل انتظر ضوء الشمعة

<u>في المقهى</u>

بين فنجان القهوة وملعقة السكر

أتأرجح على أرجوحة الغيرة

كأنني حبات بن تتحمص

على نار هادئة

وببرودة أعصاب المحمّص

اجلس مؤدبة وهادئة

أدعو الله أن تغادرنا تلك المعجبة

تتغنج و تتدلع

تطلب منك

توقيعا وصورة

وأنا على أعصابي مكسورة

أتظاهر بأنني لا أبالي

ودمائي بدرجة الغليان

ارتشف رشفة ماء

لأهدئ البركان الثائر

لأطفئ جمرة الغيرة

الملتهبة في أحشائي

أحس بالألم في معدتي

هل أنا ادعي المرض ؟

أم أن موطن الغيرة هي المعدة ؟

أو أنها الغيرة تعد الخطط بكل عدّة

وبطرق مختلفة ، طرق عدّة

بين شهيق وزفير

أحس ببعض التغيير

أجلس مؤدبة وهادئة

تغادرنا المعجبة

وتعود لي النجومية

فبمجرد أن نظرت إليّا

بعينيك الهادئتين

أدركت أنني

أنا هي البطلة

احتللت قلبك بمرتبة الشرف

وكرّمتني بجوائز عدة

الأوسكار

ميركس دور

غولدن قلوب

أفضل صديقة

وأفضل رفيقة

حبيبتك .. والوحيدة لك عشيقة

كتبتني أغنية .. ولحّنتني

وكرّمتني باسمك جائزة على اسمي

طلبت مني أن اشرب قهوتي

فوجدتني أذوب كحبات السكر

أذوب .. و أذوب ..

وفي حبك اسكر

زدني سكرا

زدني بقربك مني سكرا

اقترب مني

وزد أيامي سكرا على سكر

اجعل دنياي أحلى وأحلى ..

غازلني

غازلني رغم حجابي وخماري

غازلني رغم شعري وقصر فستاني

غازلني ولا تخشى

لا تخف .. عقوبة الغزل

فالغزل ليس جريمة

ولا جنحة

انه كما الحمام

تحليق بالأجنحة

فالغزل..

حرية قلبي

سارية النصر

وبوابة القصر

انه رفرفة راية الملك والتملك

انه روح سنة جديدة

بدايتها ونهايتها

فالغزل هو الثواني

التي تسبق دخول العام الجديد

الغزل جسر الحب

يمتد من المحب إلى المحبوب

غازلني ولا تخجل

فالغزل يرفع طرحة الخجل من على وجهي

الغزل تاج لا أتنازل عنه طول أيامي

الغزل تاج عرش حبك الذي توجتني به

توجني وجردني

جردني وتوجني

غازلني وحرر نزواتي وشهواتي

غازلني وفجر رغباتي

غازلني وزلزلني

غازلني ونفّس بركاني

غازلني ولملم شظايا انفجاري

غازلني وسرّح حمم بركاني

غازلني أشعل وأطفئ نيراني

غازلني تذكرني وإنساني

غازلني ذكرني وعلمني سبل النسيان

غازلني واغزل خيوط الغزل

سجادا احمر لاستقبالي

غازلني وزين سماء الغزل

بكلمات الشوق وأحرّ القبل

غازلني وانبت أزهار الحب والفل

وافرش الأرض عشبا شرقيا يعيدني إلى الأمل

غازلني واقتل وحوش الانتظار والملل

قربني بمغناطيس الغزل ..

املكني ولا تحررني من سجنك الأبدي ..

فالحرية تكمن بين جدران قلبك الذهبي ..

وفي قفص الحب الخفي ..

فالغزل مفتاح القلوب ..

وأنت الوحيد الذي يفتح ويغلق قلبي ..

أنت الوحيد الذي يجيد فنون الغزل ..

فليس كل كلام حلو يعد غزلا ..

وليست كل نظرات ساحرة تفتح بابا للغزل ..

وليست كل ابتسامة مؤهلة لأن تكون بداية لغزل الغزل
..

فأنت الوحيد الذي يجيد فنون الغزل ..

فتغزل ، و تدلع .. وتدلل ..

فتغزل وتفنن بالغزل ..

كسّر حواجز البعد والخجل ..

<u>قصر الشعر حبي لك</u>

عدد لي مواصفات أميرة أحلامك

صمم لي مشاعرها وشكلها فستان

وارسم لي سيدة قلبك بريشة فنان

لأقرأها ..

لأفهمها ..

لأحفظها ..

لألبسها لك في هذا الزمان والمكان

لأكون امرأتك

ألا تحس بأنه ..

يا حبيبي ..

قد آن الأوان

لا تستحي ..

لا تخف ..

لا تكن غير واثق .. أو متمرد

فانا لا أحب في الحب التردد

عدد لي صفاتها ..

ولا تنسى ميزة من ميزاتها ..

جسد أمامي أميرة أحلامك

استحضرها من خيالك

واحضرها أمامي

لأعرفها ..

لأكتشفها ..

لا تخف ..

ليست الغيرة هي من تحادثك وتخاطبك

بل هو حبي لك

يريدني أن امتزج بها

فهي أميرة أحلامك

وأنا أريد أن أصبح أميرة واقعك

أريدها أن تكون هالتي وروحي

لأكون توأم روحك

يا روح روحي

أريدها أن تصبح ظلي لترافق ظلك

حبيبي ..

اخرج الفنان الذي بداخلك

وأطلق سراح ريشة الرسام

ليرسمها لي بدقة متناهية التفاصيل

لأنني أريد وبشدة

أن أصبح أميرتك بأدق التفاصيل

أطلق العنان أمام مخيلة الشاعر

فأنت يا حبيبي رسام وشاعر

ابني لي قصر قلبها شطرا .. شطرا

لأتمكن من قراءة قلبك سطرا .. سطرا

فالحب كما يقولون مجنون

وأنا احبك بتمعن ولي فيك فنون

فأنت الماضي .. الحاضر .. والمستقبل بكل السنون

فأنت الحزن والفرح

والحب والمجون

أنت سلطان قلبي .. الأمر الناهي

أنت من تأمرني في عالمي الصغير ..

لأي شيء كن فيكون ..

حبي لك

حبي لك نجمة بحرية

تحلم بان تصبح نجمة ساطعة في سماء حبك

حبي لك شعب وسلاسل مرجانية

تتلهف لان تستنشق أنفاسك

فهي تصبو لان تصبح بك تمثال حرية

حبي لآلئ وأصداف بحرية

حبي لك ليس كنزا بل كنوز مخفية

حبي لك صناديق مفقودة

من مشاعر وأحاسيس لك مرصودة

تخفيها قراصنة جنية

لتبقيها لك محمية

في جزيرة لا معروفة ولا معلومة

خريطتها لا مقروءة ولا مفهومة

تحيط بها بحار لا محصورة ولا معدودة

لا يعرف مناخها

فهي لا مجزورة ولا ممدودة

محفوفة بالمخاطر

وفخاخها لا تخطر على خاطر

لن يفهم اللغز لا مسافر بالماضي

ولا الموجود الحاضر

حبي لك رحلة بحرية

محفوفة بالمخاطر

قد ننجو منها وقد نضيع فيها

حبي لك رقصة رومانسية

رقصة هادئة

فجأة يعتريها الجنون فتتلون إلى رقصات عدة

صالصا ، سامبا ، تشاتشا

حبي لك مغامرة عفوية

ليست مخططة ولا ذكية

حبي لك فتاة نقية

حبي لك الحان متوحشة برية

حبي لك سحابة غاضبة رعدية

حبي لك قميص رسمي ابيض وتنورة غجرية في
انسجام بمعادلة رياضية

حبي لك تركيبة كيميائية

تخلق بيننا تناغما وتوافقا وكيميا وهارموني غرامية

حبي لك قصيدة بحروف هيروغليفية

حبي لك لحظات بين الحقيقية والخيالية

حبي لك بطل في قصتنا بالغ الأهمية

حبي لك حرب فارسية

حبي لك تراجيديا ومأساة إغريقية

تتحكم فيها قوى خارجية

تحول مسارها وتتحكم فيها ، وترسم مساراتها الدرامية

حبي لك كأنه مسرحية أيسخيلوسية

تتميز بحالات صوفية

فقد عشقت التصوف فيك

وعشت فيك

حتى أصبحت أنت

فقد أتقنت محاكاة سلوكاتك وأفعالك

فقد خلق هذا الحب قبل صوفوكليس

فنحن لسنا بحاجة لطرف ثالث في مسرحية حياتنا
وحبنا

فالحب لا يحب الطرف الثالث ..

فانا وأنت لغز

حتى يوربيدس لن يستطيع تحليل هذه النفس البشرية

المنقسمة إلى اثنان

لا تكتمل إلا باجتماعنا

حبي لك أحيانا يصبح ملهاة كوميدية

تحكمها نوازع وأهواء داخلية

أحيانا فراقنا يكون مدعاة للسخرية

رغم أنها ظروف قدرية

ولكن ليست بالضرورة كلها ظروف قهرية

إذ يجب أن تكون هناك روح جماعية

فيتوحد المجتمع لجمع قلبيا في قصة حب خالدة أبدية

يجب أن تلغى الفوارق والطبقية

فتحضر كل الطبقات الاجتماعية

لتضيء الفوانيس

فيخرج جن الفوانيس

وتجتمع الأماني بتوحيدنا

في كوميديا اجتماعية

يخلدها أرسطو فانيس

فيحل السلام

وترفرف

الطيور

لتنشر الحب وتنصره

فينصرني برلمان النساء

وأعيش مع النساء في أعياء الثيموفوريا

حبي لك حالة روحانية

لا يمكن للبشر بلوغها

فتعال معي ارتقي بك إليها ..

حبي لك حالة روحانية

أنت ..

أنت ملح ماء البحر

أنت طهر قطرات المطر

أنت جذور واخضرار الشجر

أنت ضوء ونور القمر

أنت أجمل هدية من القدر

أنت العيون والنظر

أنت السمع والبصر

أنت سكان المدينة والحضر

أنت الوصل والهجر

أنت المد والجزر

أنت النهي والأمر

أنت الجو ، البر والبحر

أنت النار ، اللهيب والجمر

أنت ماء البحار والنهر

أنت الورد والزهر

أنت النرد والزهر

أنت الريح والعطر

أنت عيد الأضحى وعيد الفطر

أنت المسك والعنبر

أنت النثر والشعر

أنت الكتابة والارتجال دون سهر

أنت المحيطات وكل الجزر

أنت أحاسيس ومشاعر مبعثرة ومبحثرة

أنت مشية زاهية ومبخترة

أنت البخور والمبخرة

أنت لؤلؤ العمر والدرر

أنت سنين العمر مع امتداد الدهر

أنت الصدق .. أنت صفاء الفجر

أنت قطرات الندى على براعم الزهر

143

أنت الكلام .. أنت الصمت .. وماء الحبر

أنت الفواصل والنقاط والحروف والجمل

أنت المطار والحقيبة والسفر

أنت الوصول والوصل وضوء النظر

أنت القطار والمحطة ودمع ينهمر

أنت الرجوع ودقات قلب كاد أن ينفطر

أنت الليل وسكونه ونسيم السمر

أنت روح السهر

أنت للحياة القمر .. و لي أنا القدر

أنت أوراق الشاي ، وحبات البن ، وجواهر السكر

أنت المسكرات والمنكرات والمحرمات على نار في
قِدر

أنت مزيج الفرح والألم وكل مشاعر البشر

أنت الأرض والسماء وخيوط الوصل من المطر

أنت الصفاء والنقاء ، والوصل والهجر ..

أنت الليل وظلامه

القمر ونوره

الشمس وحرارتها

أنت همزة القطع والوصل ..

أنت الكسر والجبر

أنت النصب والغلق والفتح

أنت لحبي مقام الرفع

أنت الهجر مبتدأ

والوصل خبره بالوصل والوصول

أنت جملة اسمية تحمل اسمك واسمي ختم عليه

أنت جملة فعلية .. أفعالك ..

شديدة قاسية حين الابتعاد ..

رقيقة ناعمة حين اللقاء ..

أنت قواعد للحب لم تخلق .. أنت دستور العاشقين .

يا معجزة

يا معجزة نزلت من السماء

في ليلة فتحت فيها أبواب السماء

في أول المساء

أترنم بحروف اسمك بخشوع

فتستحوذني حالة من الاستسلام والخضوع

***

يا معجزة بطعم سر الوجود

أنت طلسم سهل القراءة

أنت لغز حله سهل ممتنع

يا سيد الأقدار

أنت جزيرة خريطتها من نجوم السماء

تتبع معالم الأقمار

تغوص في الفضاء

تلوح بين القدر والقضاء

سبلها ملتوية بين المجرات والكواكب

في سهرة على نار الاشتياق

يا ارض الخيال

يا جزيرة الأحلام

يا كوكب الغرام

يا صفائح الجليد متجمدة فوق حديد ينصهر

يا قطع سحاب في ليلة شتاء بضوئها العين تتنبهر

تنزل متسابقة تارة ، متراكمة أخرى ، تحجب النظر

تترجم معنى الوحدة ،

ورحلة جو بارد ، فيه مشاعر اشتياق تريد أن تنفجر

يا خيوط الشمس وحرارة اللقاء

يا خيوط العسل ومعنى البقاء

يا سكر الوجود

يا طعم الخلود

يا عسل الشفاه والخدود

يا ماء العيون

والنظرات الناعسة

يا بؤبؤ العين

ونور النظر

يا صبر الصابرين وقوة الصبر

يا رجل اخترته من بين الرجال

يا رجل اختارته لي السنوات والسنين

يا رجل اختارته لي الأزمان والأقدار

يا رجل لغز وكنز

يا رجل هدية من السماوات

<u>أسميتك حبيبي</u>

أطلقت عليك اسما رنانا

يخرج من عمق القلب

ورنينه يلمع في الأذنين

أسميتك

حبيبي

فإذا

يا حبيبي

يجب أن تختار

فقد فتحت أمامك باب الاختيار

فاخترني أنا

أو

أنا

فأنت حر

لذا لا تحتار

فهو سهل هذا الاختبار

فانا حبيبتك

وفي الغيرة

أنا خصم لنفسي

ففي كلتا الحالتين

سوف تختارني

أنا ..

فلن تجد لك مأوى غير قلبي

ولن تجد لك حضنا غير بيتي

ولن تجد لك قلبا غير فؤادي

ولن تجد أمامك حلولا غيري

فمن يحتملك دوني

فقد دللتك حتى أصبحت لا تطاق إلا مني

فقد أفسدت طباعك حتى لم يعد هناك من يتحملك

غيري

فانا احتملك بكل صفاتك

فتدلل حتى ينتهي كل الدلال الذي خلق في الدنيا

هيا ..

لا تخف من سعة تحملي وصبري

فانا لا أطيق العيش بدون صفاتك المجنونة ،

وشقاوتك اللامحدودة

فغرورك عسل على قلبي

ودلالك سكر منثور

وسلبياتك ايجابيات في عيون حبيبك ، الذي ليس في
حبك مجبور

فتدلل ..

ثم تدلل ..

ثم تدلل ..

فجنوني فيك .. جنون شفاءه منتهى الجنون

فحبي لك سر على الصخر محفور

في مكان مرصود مهجور ..

اسمك تعويذة لاستخراج الكنوز

اسمك آيات تحدث التلبس

فقد أسميتك

وأنا أول من عانيت من هذا الاسم

هذا الاسم الذي عند نطقه يغمى على الفتيات
الصغيرات

هذا الاسم الذي عند نطقه تسلب عقول الشابات

هذا الاسم الذي عند نطقه تمحوا النساء من أعمارهن
سنوات

هذا الاسم الذي عند نطقه تسارع أم العروس لتطل
على موكب الزفاف

هذا الاسم الذي عند نطقه تُذرف دموع رجل لم يدرك
أن ابنته الصغيرة قد كبرت

وآن موعد الفراق ..

فيمسح دموعه في خفاء

وقلبه تملأه الأمنيات

بأن تكون قد وفقت في الاختيار

وأن تعاملها كما عوّدها على العطف والحنان

هذا الاسم الذي عند نطقه لا أتحكم في نبضات قلبي

لولا الموسيقى الكنسية لما عرفت كيف أتصرف

فالموسيقى ترتب وتنظم خطواتي

وتهدئ أعصابي

وأنت تنتظرني هناك غير بعيد

كلك نظرات حب وشوق

هيام وغرام

الرؤية مشوشة ..

فانا لا أرى غيرك ..

هل أسرع ، واهرع إليك ..

أم اشعر بالخوف واهرب بفستان الزفاف وابتعد عنك

أم ابكي .. أو افرح ..

هل يغمى علي

فحتى والدي الذي يمسك ذراعي

لا أراه ولا أكاد أحس به جانبي

فأنت شارة الانطلاق

وأنت الطريق

وأنت خط الوصول

وأنت الميداليات الثلاث

البرونزية ..

الفضية ..

وقلبك الذهبية ..

<u>نرجسية..</u>

نرجسية حالة حبك

فأنت الحب

وأنت الذات

حوار داخلي

همس في الأذن

حلم يقظة

حلم وردي

أمنية مرصودة

شريان متدفق

ثورة دموية

وطن بلا حدود

ارض مبسوطة ممدودة

تحررت من شكلها وقيدها الكروي

سماء مخرمة

تتساقط منها خرزات النجوم النجمية

ألملمها لأكتب بها قصة حبنا الأسطورية

فأرسم لك خريطة نجمية

لتتبع ضوئها وتعثر عليا ..

طالما لا تؤمن بالقصص الخرافية

فلنختبر روحك الواقعية

ولنجرّك إلى هالة حبي اللا إنسية واللاجنية

فلنختبرك ولنختبر قدرتك البشرية

حين تجد نفسك داخل قصتي الملائكية

لنرى مدى إيمانك

ومدى تمسكك بحكايات الحب الكلاسيكية

سوف نرى كيف تصبح في حالة تجريدية

تغوص بك الأفكار والأحلام إلى حالة سريالية

فتفقد اللغة التعبيرية

لا تتواصل باللغات المندثرة

فلا تجيد اليونانية ولا الفرعونية

بل سوف تتوه عن لغتك الأم .. العربية

في متاهات حبي اللا مرئية

فلنرى انطباعاتك عن هذه الرحلة الغيبية

سوف اختبر أساليبك الفنية

لأستشف زخارف روحك النباتية والهندسية

فأتحسس مظاهرك الجمالية

وأكتشف تعابيرك الفنية

أتذوق الجمال في خامات أجزائك

وطرق صنعك الربانية باختلاف التقنية

فأنت تجمع بين انسجام لوني وتركيب منظم

ففيك ألوان مائية ، ترابية وبعض من الزيتية

أكواريل وباستيل

يا لتناقض والانسجام

والتناغم والتناسق

كما أنها توجد فيك مساحات صبغت بقلم الرصاص
وأقلام خشبية
فسواد الشعر تتخلله شيبات شبابية

وبشرتك ترابية حنطية

وعيونك من صفوة زرقة السماء الطاهرة العلوية

وشفاه توت كرزية

وأسنان لؤلئية

ولك دموع زجاجية

وأنفاس بخارية

تنزل على جبينك قطرات عرق بلورية

تحكي أساطير حقيقية

عن مشوار يزيد من وهج مشاعري الغرامية

أضربت

أضربت على كل أنواع المشاعر

لأنني اكتشفت ..

أن كل المشاعر يجب أن تعاش فيك

لن أضيع أي طاقة في سواك

فأنت من يجوز له أن يعذبني

فأنت من يجب أن اغضب منه

أنت الذي تستنزف كل طاقاتي

تجرحني وتشفيني ..

اشتاق إليك ، ولا أحس بشيء لغيرك

أراك ..أسمعك .. وأشم رائحتك ..

لا أستطعم الدنيا بدونك ..

المس روحك بروحي ..

وأقرأ أفكارك بجسدي ..

اغضب.. أزعل.. افرح.. اترح.. اذهب.. ارجع.. منك
واليك..

أحب .. اكره .. اغرم .. أقسو .. أغوص .. أسبح ..
أبحر .. أرسو ..أطير في العالي .. أحط على جناحيك
..

احن إليك .. أجثو على ركبتيك ..

أنا في انتظارك ..

أنا انتظرك ..

إلى أن يمتزج ماء البحر بزيت النار

إلى أن تلتهب سطوح المحيطات

إلى أن نستوطن القطب الشمالي والجنوبي

إلى أن امشي على الجليد حافية

أحس بنار البرد حرارة

إلى أن أزين صدري بعقد مشغول بجمرات الانتظار

وانحت من الجليد خاتما انقش عليه اسمك

أخيط من السحب المرعدة فستان

والبس طرحة من أمطار الصبر

أنا في انتظارك ..

حتى تصبح الأرض أرضان

ارض لليابسة

وارض للماء

بينهما جسر من جبال وأشجار

أنا في انتظارك ..

إلى يوم تغطي فيه طبقة الأوزون ارضين

حتى تراني بكلتا العينين

أنا في انتظارك ..

سأواصل إضرابي ..

سأواصل إصراري ..

سأواصل انتظاري ..

أعلنت الحرب

أعلنت الحرب على الأحزان

رفعت قضية على الآلام

في محكمة الغرام

وكّلت الزمن محام لي

وطلبت منه أن يستدعي

أول شهودي كان الصبر ..

الذي اقر بقوة احتمالي

بصلاتي .. ودعائي ..

أما الليل فقد احضر كل بناته ..

الليالي الساهرات

وكلهن اجمعن

على أن كل ليالي كن ساهرات

أراقب الباب ..

وأترقب دخولك في كل لحظة

حتى الساعة والثواني ..

شهدت على أني طوال الوقت

نذرت نفسي لأحزاني

جالسة يدي على خدي

ولا حيلة بيدي

أما القمر فقد كان يملك ..

صورا لعيوني المنتظرة المتأملة

وقد شهدت الدموع على حرارة المرارة ..

ودقّات القلب أقسمت بالوريد والشريان ..

على صدق تدفق الكريات الدموية في سبيلك وحدك ..

فقد أقسم النبض بتوقفه إن كان لكلامي مسار ثان ..

أما الأشجار فقد بذلت بُنَيَاتِهَا الأوراق في عز أيامها
الربيعية ..

لتسافر حرة في سبيل هذه القضية ..

فقد غطتني من أشعة الشمس الذهبية ..

وأنا انتظرك من الشروق إلى الغروب ..

كما أنها لاحظت دموعي الفضية ..

التي تدفقت وأحدثت شقوقا خدية ..

زدني غرورا وكبرياء

زدني غرورا وكبرياء

زدني فخرا واعتزازا

زدني حبا على حب

افتح لي قلبك لأسكن فيه

افتح لي ذراعيك

لآخذ مكاني في حضنك الدافئ

أدخلني مدينة الرجال

أدخلني مدينتك أنت بالذات

لا أريد نسخا و أشباه

أريد رجلا

احلم أن ألقاه

أريدك أنت بالذات

علمني أن أحب الذات

لأنك ..

أنت .. لي .. الذات

أريد أن احبك

بنرجسية

علمني التكبر فيك

الفخر فيك

بلا اهتزاز

زدني حظوظا

زدني غرورا

علمني الأبدية فيك

اسقني من عينيك

ماء الخلود

في يديك

فهي لي كاس سر الوجود

أريد عناقا طويل

أريد حضنا أعيش فيه

أريد حضنا أموت و أحيا فيه

لا تغوى أفكاري

لا تغوي أفكاري

بفكرات عابثات

لا تغزو صوري الذهنية بمرورك العابر

فأنت مصدر الدواء ومنبع الآهات

طيّب جروحي واسكت الأنات

فأنت خبير بحياكة العمليات

شوشت خواطري

حين أقبلت على خاطري

عبثت بأحلامي

حين رايتك أمامي

حيّرتني

غيّرتني

ولم اعد أعرفني

من نفسي سرقتني

ملكتني

وتملكتني

كأنك حالة جنون

غريب .. عابث

مسرحتني

سجنتني وسرّحتني

فأصبحت كأنني مسرحية بلا فصول

قيدتني

ثم أطلقتني لأخترق الجدار الرابع

لعبت بأفكاري

لتصنع ديكورا متحرك

كلماتك متباينات الإضاءة

بين قوية وخافتة

ولكن دائمة الإظلام

فغايتك أن أصبح نتيجة بصرية وصوتية مُرضية

فهذه حالة مَرضية

تملك وامتلاك بطريقة جنونية

حالة ..

أحيانا تكون مدعاة للسخرية

لأنها ليست حالة إنسانية

فأنت تتلاعب بحركاتي ..

و تمرجحني بين حوارات داخلية وخارجية

فأنت مخرج مسرحية الحياة

أنت من يقوم بإدارتي

وإدارة مهاراتي التمثيلية

تمكيجني

وتتفنن في رسم ملامحي

تتصاعد بك الأمنيات .. وتتباين في النزول

فتتمناني بريئة

ثم تشتهيني جريئة

فترسم الحواجب وتحدد الشفاه

تنحت الملامح بالماكياج

ثم تتنوع في تغير الأقنعة

تتلاعب بالماكياج وتغير الأقنعة

تحب الإبهام والغموض

ثم تلجأ إلى البساطة والوضوح

تصمم أزيائي ..

تغير الشخصيات بتغير الأزياء

تحب الأميرة والخادمة

تحب السيدة و العبدة

تحب النبيلة و بنات الليل

تحب المتواضعة والمتكبرة

تحب المرأة في منتهى الأنوثة والمسترجلة

تحب امرأة العصور الوسطى

وامرأة القرن الواحد والعشرية

فراشة الحب

أ فراشة الحب

اخبريني عن ما تحمله جناحاك من أسرار

اخبريني عن الحب والعشاق

اخبريني عن الحبيب والأشواق

اخبريني عن صباح ندي ونسيم الفجر

انشدي لي قصائد لحنتها عصافير الحب

قصي واحكي

ولا تترددي

فراشتي الجميلة

مضيئة كضوء النهار

صافية كلون الماء

مرفرفة بين نسمات الهواء

فراشتي العزيزة

اخبريني

ما سر حب النبات للحياة

وما سر وجود الحياة في الماء

وما سر تدفق الماء من الينابيع

وما هو سر وجود الينابيع

هل هي آلهة الحب والحياة

تسقي أولادها حبا وحياة

أم أنها بحر عظيم العطاء

فراشتي البيضاء

إسألي تلك الفراشة

زاهية الألوان

عن ألوان الحب

واخبريني

فكل لون في جناحيها

يحمل سر نوع من أنواع حب

ويحمل لون حب

ويحمل شعورا مختلف

شعورا معين

فاخبريني

عن أسرار الحب الدفينة

فانا صغيرة

ولم ادخل حديقة الحب

لم اقطف زهور المشاعر

ولم تغرزني أشواك البعد والانتظار

فانا لم أخض تجربة الحب

اخبريني

لكي لا اجرح

كما جرحت كل العاشقات

اخبريني

لكي لا أفارق

كما تفارق كل العشاق

اعلم

انه لا يمكننا في الحب اخذ الاحتياطات

ولكن اعلم أيضا

أن القدر

لا يفضل الإنسان الغر

بل يحب أن يحارب

صوت القطار

يشرد ذهني هنا وهناك

يتقلب الفكر بين طيات الوعي واللاوعي

فيتبع فكرة ويركز عليها تارة

ثم يقفز إلى ذكرى قريبة أو بعيدة كانت .. تارة أخرى

وأنا جالسة في الحافلة

جالسة في هدوء

في مقعد منفرد

على يميني نافذة تسرب لي نسمات الهواء الباردة

تضربني بلطف على خدي

لتشعرني بجمال الجو ..

رغم دفئه القاسي أحيانا

جالسة في هدوء

تداعبني الذكريات والأفكار

وكأنني مسافرة لمسافة بعيدة

فرغم أن الطريق كان كله وسط المدينة

إلا انه اخذ وقتا أطول من قطع مسافة بين مدينتين

جالسة في هدوء

رغم اكتظاظ الحافلة أحيانا

وعلو الأصوات فيها أحيانا أخرى

ولكن لم يستطع أن يلفت انتباهي شيء

لم يتغلب على أفكاري حدث صغير أو كبير

شاردة أفكر .. وأفكر

أتقلب بين طيات الزمان

وفي منتصف الرحلة

وبينما كنت جالسة في هدوئي المنفصل

جذبني صوت صفير من بعيد

صوت غازل حاسة السمع عندي

صوت جميل

نعم .. جميل ..

صوت عذب كأنه رائحة قهوة أمي

تلك الرائحة التي إلى يومنا هذا

كلما استيقظت عليها ،

استيقظت ابنة الأربع سنوات

ولم أدرك أنني نضجت وكبرت

إلا بعد احتساء كوب القهوة الساخن

كذلك هو الصوت الذي سمعته

انه صوت جذب كل حواسي وسيطر عليها

فإذا بالسمع اغرم ..

والنظر راح يلوح في الأفق

نعم راح البصر يبحث عن صاحب الصوت

وإذا به على الهضبة يخرج ذلك ..

القطار

ذلك القطار الذي يدوي بصافرته ..

وكأنه ينادي بين الهضاب

وكأنه محبوب يناجي وينادي

محبوب متلهف للقاء محبوبته

انه صوت صافرة القطار

ذلك الصوت الذي تملك حواسي

وراح يلوح يلوح في أفق الذكريات

صوت أعادني إلي طفولتي

صوت أعادني طفلة صغيرة

تجلس وحيدة في غرفة كبيرة

تنظر وتشاهد بلهفة وترقب

تتبع أحداث قصة فتاة صغيرة

على شاشة كبيرة

طفلة صغيرة تتأثر بأحداث قصة طفلة مثلها

فتبكي لآلامها وتفرح لفرحها

تراقب تطور الأحداث وكأنها شخص ناضج

قد أكون نسيت اسم تلك السلسلة

ولكني بالطبع لم انس

صوت القطار

انه صوت ارتبط بذكريات الطفولة

انه صوت أصبح يرمز لأيام

تعلمت فيها ..

كيف أحس مع غيري

كيف أتألم لآلام لا تخصني

كيف افرح لأفراح لا تعنيني

أيام تعلمت فيها ..

رقي المشاعر والأحاسيس

كيف يتضامن

كيف يتفاعل

كيف يتكافل الشخص مع غيره

ولو كان بطل قصة

و لو كان بطل قصة خيالية

أبعث إليكَ بهذه التحيات المسائية

في هذه الأمسية الشتويّة

باردة حيث أنا موجودة

تتسم بنسمات تلبس ثوب البياض

وبأصوات تغازلنا من خلال المدفأة

أمسية ترتدي ثوب جو الإغراء

لتجعلنا نبارح أماكننا

لنتمتع في الخارج

ولكنها لا تنجح في ذلك

أمسية تتمسك بنا فيها بيوتنا

لأن الداخل أجمل بكثير من الخارج

بعالمه الخيالي وواقعه الافتراضي

فأنا أعيش حريتي بيني وبين

أقلامي ، أوراقي و دفاتري

وحضرتك : اليوم سيدي

تزين أمسيتِي بأبهى حلة

وأجمل حضور .. حاضر ، غائب

أبعث إليك في هذه الأمسية

وأتمنى أن تصلك رسالتي

حيث أنت ..

أتمنى أن تجدك في مكان دافئ

في محيط يمنحك سعادةً وسرورًا

بين نغماتك .. ألحانك .. وكلماتك المنتقاة

سيدي الفاضل .. سيدي الكريم .. كاظم الساهر

إن كل ما أتمناه أن تستقبل رسالتي بصدر رحبْ

فإنه يشرفني

ويسعد قلمي أن يتوجه بحروفي ونقاطي

(أو في وقتنا الحالي)

يشرف شاشتي الإلكترونية

لوحتي ، هاتفي النقال أو كمبيوتري

ويسعد لوحة مفاتيحي

ويبث الروح في مفاتيحها

بأن تفتح الباب أمام حروفي لتصلك

فهذه الحروف المتشوقة الآملة

التي لا ترجو إلا .. إيصال .. السلام

ثم انه

ولأسباب خفية خطرتَ على بالي واقتحمتَ حقول خيالاتي ..

فقررت أن أرسل لك هذه الرسالة .. سيدي

سيدي ..

أرسلت إليك رسالتي ..

علَّها تجد عندكَ بيتاً تنتمي إليه .. بين كتبك ..

أخفيت الأمر عن الأصحاب والأحباب

وأسريت بسري هذا إلى حمامتي البيضاء

وربطت أشعاري على رجلِها .. لتحلق بجناحيْهَا .. إليك بعيدًا

وهي حمامة تملك جناحين ،إذا أغلَقَتْهما رُسِمَ على
ظهرِها قلبٌ كبير أسود

وإذا فتَحَتْهما أصبحت تتمتع بجمال غريب

وحمامتي ستقود سرب الحمام الزاجل

لتأتيك برسالتي على نحو عاجل

وشكرا ..

سيدي

على منحي هذه اللحظات

ومنح رسالتي هذا القدر من الاهتمام.

غيَّمَت على بيتي سماءٌ داكنةُ الزُرْقة

لمْ أعلم مصدرها ، ولمْ أفهم معناها

أبرقَتْ سَمائِي بشُعاعٍ أزرق غامق

وحامت بها أفكار ، كسرب المسود الأزرق

غَيَّمَتْ سماء بيتي بالظنون و الأهاجيس

بمختلف الأفكار وأغرب الأحاسيس

فهرعت إلى المعاجم والقواميس

لتفسير حالة الذهول الذي اعتراني

وما أصبح عليه قلمي من خمول في انتظاره تحقق الأماني

إنّ قلقي ،

مركزه ومحوره ،

أنِّي تَلَبَّسَتْنِي مخَاوِفٌ من أنَّ رسالتي لم تصِلْكَ ،

ولو بالخطأ ،

فبَرِيدِي لم يحظى بشرف زيارتك الكريمة

أو باستقبال رسالة تخفف مواجعي الأليمة

لأنني لم أعرف كيف أراسلك

فحمامتي تعيش في حيرةٍ وعذاب

داخل دائرة تساؤل واستغراب

فأنا لم أعرف السبيل ولا الطريقة لأتواصل

إن لم يكن هناك إزعاج

أو لم يكن لديك مانع.

أنا فتاة بسيطة ،

تعيش في عالم مختلف ،

عالم يحيط به صور،

جدرانه من الكلمات والحروف ،

و به نهر من حبر المشاعر،

وسماءه من عالم الخيال ،

مليئة بسحب الأمل ،

وشمسها دافئة لا محرقة ،

شمس تضيء بالنقاء والصفاء،

وقمرها ينير بالبراءة والطفولة،

ونجومها تلمع بالحب والاحترام،

والدفء والحنان،

أرضنا مليئة بالحكايا والأحاديث،

فيها غابات الأعاجيب،

وأنا سيدي لا أجيد اللعب ولا أعرف ابسط الألاعيب.

لذا عندما خَطَرْتَ على بالي،

قصدتك من الباب الواسع،

الباب الوحيد الذي رأيته أمامي ..

فقد بحثت عن رقم هاتف معين لك ،

أو كيف أرسل إليك رسالة

بطريقة مباشرة ،ولم يحالفني الحظ....

فوجدت فيسبوك لك لا رسالة فيه،

وَ تويتر لا يستقبل الرسائل

وَ إنستقرام كذلك .

ثم يوتيوب الوحيد الذي يستقبل رسالة،

فأرسلت إليك رسالتي بلا تردد أو أدنى تأخير.

فأنا لم أجد حتى إيميل ،

ولم أعرف ما يمكنني أن أقول له.

كما أنني أخاف أن أتواصل مع أي شخص غريب

و شخص لا أعرفه.

لذا توكلت على الله وأرسلت إليك برسالتي .

ولكن عندما أحسست بان البريد أصبح يعاني من تحمل
ساعات خرساء،

ساورتني الشكوك..

فقلت في نفسي : يجب أن أرسل إليك مرةً ثانية

والله وحده يعلم إن كانت هناك ثمار هذه المرة

وشكراً لك على صبرك عليّا..

Sommaire

www.ingramcontent.com/pod-product-compliance
Lightning Source LLC
Chambersburg PA
CBHW061340160726
47995CB00001B/105